绝妙智慧
狼　妻

Excellent Wisdom
The Wolf's Wife

沈石溪 / 著

北京理工大学出版社
BEIJING INSTITUTE OF TECHNOLOGY PRESS

沈石溪，中国著名的"动物小说大王"，祖籍浙江慈溪，1952年生于上海。1969年初中毕业后，赴云南西双版纳插队，在云南生活了整整36年。

长年的云南边疆生活犹如一把金钥匙，开启了他动物小说的写作天赋。在他笔下，动物世界是与人类世界平行的一个有血有泪的世界。他的动物小说充满哲理、风格独特，曾荣获"全国优秀儿童文学奖""冰心儿童图书奖""陈伯吹儿童文学奖""台湾杨唤儿童文学奖"等四十多个奖项。

他的作品曾多次入选中小学新课程标准教材，成为阅读教学的精读范本，影响着新一代的读者，并被译成英、法、日、韩等多国文字，享誉全世界。

"我喜欢重彩浓墨描绘另类生命,
我孜孜不倦地朝这个方向努力。"

为致敬生命而写作

为生命而写作,这话我在很早之前便已经说过。

在作为一名动物小说作家的创作生涯中,我从未担心过我的写作题材会受限,我的创作灵感会枯竭;因为我知道,就生命这一写作对象来说,动物世界其实是一个比人类社会更加广阔、更有可为的领域。这两者就好比是外太空与地球的关系,人类社会的题材固然恢宏,地球尽管庞大,但放眼于整个动物界与自然界,放眼于大气层外的宇宙空间,孰大孰小,狭窄与宽泛、有限与丰富的区别,还是一目了然的。

但是,我并不想让读者们因此觉得,我所写的生命就仅仅是动物的生命;相反我相信,每一位动物小说作家笔下的生命,与每一位人类小说——写动物的称为动物小说,写人类的为何不能称作人类小说?——作家笔下的生命，其实是同一种由无差别的精神内核驱动的、没有食物链上下与进化尊卑之分的东西。我们想一想，蒲松龄老先生笔下的"禽兽之变诈几何哉，止增笑耳"，难道只是在嘲笑狼的小聪明吗？同样，再读杰克·伦敦《野性的呼唤》，我们又岂能说那只是一条向往着野性的狗，而不是一个渴望着自由的生命呢？所以，我在三十几年的创作历程中，一直拿一句话作为自己的座右铭，那就是，人类绝不可以俯视动物。

人类绝不可以俯视动物，也就是说，人类在从动物身上观察它们的生命的时候，或者像我这样，需要把它们的生命描写出来的时候，一定要把自己放在跟观察对象、描写对象齐平的高度上，就像《热爱生命》里面的那一个人、一只狼一样，面对面地看着对方，看谁先倒下去。也只有如此，我们才能发现生命在动物世界里所展现出来的每一个维度，还有每一个维度中所承载的内容，就是它们的生命所焕发出来的温度与主题。

这样的维度可以有很多，比如它们的繁衍、它们的生存、它们的社交、它们的组织、它们的野性、它们的情感等，也正因为这样，动物的生命中才蕴含着同人类生命一样无限而丰富的主题。比如，在一条大鱼身上也存在着令人动容的母爱（《大鱼之道》），一条蟒蛇也可以是尽职尽责的保姆（《保姆蟒》），一往情深的公豹最后一次为妻子狩猎（《情豹布哈依》），不服输的鸡王拼死战斗到喋血一刻（《鸡王》），临产在即的母狼接受动物学家作为丈夫（《狼妻》），善良的崖羊令凶暴的藏獒性情大变（《藏獒渡魂》）……如此种种，令我们在最广阔的生命定义中看到了无穷无尽的可能，让我们不得不承认，每种动物都有千般故事，每个生命都是一段传奇。

所以，为生命而写作，如果这话讲得再明白一些，就是向生命致敬，褒奖它的升华，讴歌它的荣耀，赞美它的牺牲，肯定它的死亡，让生命在保有其优美感的同时，也获得它应有的崇高感。

这便是本套"致敬生命书系"分为六大主题、全新结集出版的目标。在我熟悉的动物的世界里，我写过它们悲怆的母爱，写过它们深挚的情义，写过它们绝妙的智慧，写过它们豪迈的王者，写过它们壮美的生命，写过它们传奇的野性……过往的许多年间,我的绝大部分作品都是以时间轴为出版顺序的,写到哪儿出到哪儿,推陈出新,陈陈相因,以至于有许多读者朋友会问我:沈老师,这么多年,你写了这么多书,究竟写了什么?是的,我要向大家回答清楚这个问题才行——

那么,这套书算是一个答案与交代了。

2018年12月10日

目　录

1 —— 豺的斋日

13 —— 狼　妻

51 —— 白　狼

61 —— 灰夫妻

71 —— 金丝猴与盘羊

83 —— 苦豺制度

153 —— 妹妹狐变色

豺的斋日

CHAI DE ZHAIRI

昆明圆通山动物园小石桥背后有一只大铁笼，里头养着十几只银背豺。

豺的体形较狼小，和一般的家狗相似，尾巴蓬松，体毛深棕偏红。云南山民把豺叫作豺狗，内蒙古的牧民把豺叫作红狼。

豺的分布较广泛，我国的东西南北中都可以见到它的踪影。豺分好几个亚种，最名贵的要算银背豺了，仅产于西伯利亚，体毛较之其他豺柔软细腻得多，最明显的特征就是棕红的背毛间镶嵌着一条纯白的毛带,从颈椎一直延伸到尾根,就像披着一条华丽的银带。

动物园里的动物都有户籍,都有固定的口粮。豺是食肉动物,每只豺每天供应一公斤半生肉。但每只豺一星期所供应的生肉总数却不是10.5公斤(1.5公斤×7天),而是只有9公斤。那是因为一个星期里有一天要停止喂食,换句话说,豺每七天就要饿一天肚子。动物园负责管理食肉类动物的是个刚从云大生物系毕业的傣族姑娘,叫侬腊娇。她向我解释说,之所以这样,并非为了节省经费,也不是有意要为难或虐待这些银背豺,而是为了适应豺在野外的进食节奏。生活在山林里的野豺,虽然生性比狼更凶猛,成群时敢攻击黑熊、金钱豹之类的大型猛兽,但并不是天天都能获得猎物,挨饿是常事,据动物学家野外考察的数据显示,豺平均六七天里有一天一无所获。

"我们是每星期三停止给银背豺喂食,"依腊娇说,"我们把这一天称为豺的斋日。"

我只听说过佛教中有吃斋的说法,我奶奶生前就是个虔诚的佛教徒,我记得很清楚,每逢旧历的初一、十五,她老人家就不沾荤腥,只吃素食,那叫守白衣素斋。我还从书本上看到,阿拉伯民族里也有斋月的习俗,即在斋月的每一天从日出到日落不吃任何东西。

斋从字面上解释,含有戒绝的意思,斋和戒可以合起来使用,斋戒,表示为了某种信仰或宗教的要求,主动地摈弃隔绝世俗欲望。我想起我奶奶吃白衣素的情景,到了这一天,没人督促,没人监视,她非常自觉地就不沾荤腥了,有好几次,我偷偷把一块红烧肉或一块带鱼埋进她的碗底,然后,躲在一旁窥探。奶奶吃着吃着,就发现了碗底的秘密,她就会立刻把红烧肉或带鱼夹回菜碗去,口中还"罪过罪过"地念叨,就好像真的有菩萨在一旁管着她一样。我想,豺大概不会自觉自愿地七天里挨一天饿的,它们只是在动物园里被动地、被迫地、身不由己地、无可奈何地接受人类的饮食安排而已。如果在星期三继续往铁笼子里扔生肉,它们会不抢来吃?从这个意义上说,把星期三称为"豺的斋日"有些言过其实了,应当称为"豺的挨饿日"。

为了证实自己的想法,我怂恿依腊娇做个小小的实验,在星期三继续像往常一样喂食。我平时写点动物小说,圆通山动物园是我的生活基地,三天两头去搜集创作素材,和园里的工作人员混得很熟。我曾给依腊娇送过两本我自己写的破书,她不好意思拒绝我的请求,犹犹豫豫地说:"这不太好吧,违反饲养规定的。"

"怕什么,我们又不是喂它们毒药。总不见得每到星期三这些银背豺的肠胃就会丧失消化功能了吧。我只是想看看,这一天喂不喂食对它们的行为究竟有什么

影响。"

"食物都是统一由动物厨房定时定量供应的,这生肉……"

"这好办,我掏钱去买生肉。"

为了让实验取得更显著的效果,星期三我一大早来到农贸市场,花了一百多块钱买了一副新鲜的猪下水。我知道,野豹最爱猎食野猪了,尤其喜欢吞食糯滑可口的野猪内脏。有报道记载,某豹群为了争抢野猪内脏,互相噬咬起来,结果好几只豹的耳朵被同伴咬掉了。

上午十点,我把猪下水倒进铁笼子里的食槽,空气中弥漫开一股刺鼻的血腥味。每只豹的肚子都是瘪瘪的,正处在饥饿状态。所有的豹眼莹莹发绿,兴奋得连背上那条银色毛带都陡地耸立起来。好几只豹急不可耐地朝食槽冲来……

这实验真是多余的,白花了我这么多钱。本来嘛,豺就是一种贪婪的动物，怎么可能见到肉不吃呢？

有三只豺已经扑到了食槽边，尖尖的嘴巴已伸向白花花的猪大肠，突然，"呦嗷——"传来一声低沉、嘶哑、威严、凌厉的豺嚣声。那三只已扑到食槽边的豺就像触电似的浑身一抖，把嘴紧急缩了回来。我循声望去，原来是秃背老豺在叫。秃背老豺是这十几只豺里年岁最大的公豺，是这群豺的首领，背上那条银色的毛带差不多都脱落光了。它用一种冷森森的眼光逼视着站在食槽边的那三只豺，它们恋恋不舍地望着食槽里的猪心、猪肝、猪肺、猪大肠，畏惧地退回到秃背老豺的身边去了。

我用一根长竹竿伸进铁栅栏，使劲搅动那堆猪下水，让血腥味散发得更浓烈些，让不可抗拒的诱惑来得更充分些。

好几只豺的视线像被磁铁吸住了似的紧紧粘在食

槽上,口水从嘴角滴下来,像拖着一根长长的透明的米线。秃背老豺也不断地做着吞咽的动作,毫无疑问,它的嘴腔分泌出大量口涎,不得不大口大口咽进肚去。但它却顽强地把持住自己,眼睛不望食槽,而是抬起头来,凝望遥远的天边一块飘浮的白云。

这是一只有着丰富生活阅历的老豺,一只懂得生活甘苦的精明的老豺。它知道对豺来说,断炊挨饿是常事。它清楚,如果在野外的话,豺不可能天天都能幸运地找到食物。对豺来说,耐饿是一种生存秘诀。经受不住饥饿考验的豺,最终会被生活无情地淘汰掉。

一只半大的小豺大概嘴特别馋,趁其他豺不注意,沿着墙根吱溜钻到食槽后面,偷偷地去扒那颗鲜红的猪心。突然,笼子里跃起一道红色的闪电,等我看清是怎么回事时,秃背老豺已经扑在馋嘴小豺身上,不轻不重地在小豺背上咬了一口。小豺背上的绒毛被咬掉了一

撮，呜咽着逃回豺娘身边。

再没有豺敢来偷吃食槽里的猪下水，只有一群绿头苍蝇在食槽上嘤嘤嗡嗡。

没想到，豺也有真正意义上的斋戒！

我突然觉得，我们人类似乎可以从那只秃背老豺身上学到一些东西。

是的，我们现在的生活安宁而又幸福，许多家庭的孩子已到了没有肉不吃饭的地步。尤其是城市的孩子，无从体会艰苦的滋味，更别说经受困难的考验了。大多数独生子女过着饭来张口衣来伸手、食不厌精脍不厌细的日子。可社会的发展与进步总是曲曲折折的，人生也不可能永远一帆风顺。灾难与饥荒的阴影仍然笼罩在我们的这颗星球上。即使我们赢得了和平，即使现代科学有能力战胜大部分灾害，社会的激烈竞争，个体的荣辱沉浮，还有疾病与贫困，仍横亘在我们漫长的人生道路上。挫折和苦难是人生中常有的事情，是无法回避的现实。当这些从小不知道艰苦为何物的孩子们，突然有一天被命运抛到了谷底，餐桌上只有数量不足、难以下咽的玉米窝头，衣衫单薄而又风雪交加，孤立无援而又众叛亲离，还能微笑着充满自信地坦然接受命运的挑战，夺回生活的辉煌吗？我们是不是应该，从小就提供给他们一个锻炼的机制，隔一段时间，用露营野炊、下乡劳动、徒步郊游、打工谋生、军事训练等形式，有意识地让他们吃一点儿苦，遭一点儿罪，来培养他们在艰苦环境下的生存能力呢？

这样做，当然不是为了斋戒，而是为了构造人生负重的预应力。

太阳快下山了，豹们仍没有去动食槽里的东西。天气太热，猪下水已经有点儿变质发臭了，我只好取出来扔掉。

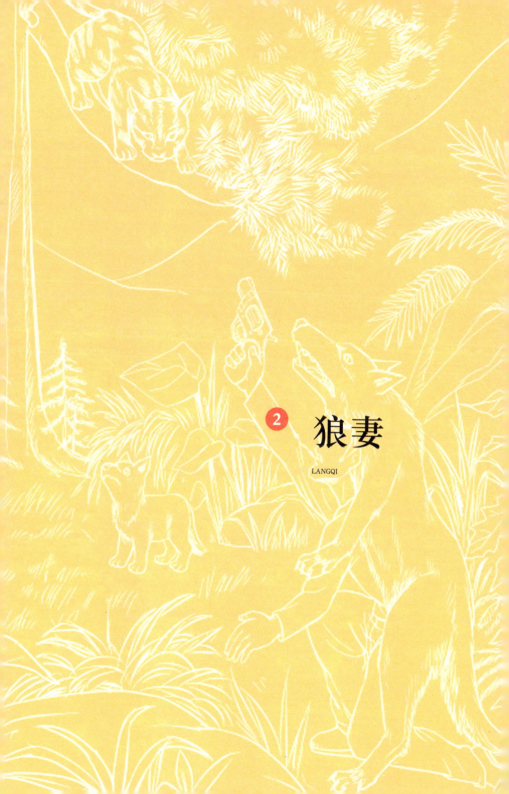

2 狼妻

LANGQI

一

我们置放在小路上的捕兽铁夹夹住了一只大公狼。沉重的铁杆正好砸在脑袋上，我们看见它时，它已经死了。我们把它拖回野外动物观察站，将狼皮整张剥了下来。

入夜，我和强巴坐在用牦牛皮缝制的帐篷里，点起一盏野猪油灯，喝着醇酽的青稞酒，天南海北地闲聊。

我在省动物研究所工作，专门从事动物行为学的研究，这次到高黎贡山来，就是想收集有关这方面的第一手资料，为撰写博士论文做准备。强巴是当地的藏族猎手，是我雇来当向导的。

我们正聊得高兴，突然，外面传来"嗷——嗷——"的狼嗥声，声音高亢凄厉，就像婴孩在啼哭。"狼来了！"我紧张地叫了起来。"还远着呢，它在一里外的乱石沟里，因为顺风，所以声音传得远。"强巴轻描淡写地说。

狼嗥声一阵紧似一阵，如泣如诉，犹如叫魂哭丧，很不中听。我说："难怪有句成语叫鬼哭狼嚎，果然是世界上最难听的声音。"

"普通的狼嗥没那么刺耳。"强巴说，"这是一只马上就要产崽的母狼，公狼不在身边，所以越叫越凄惨。"说着，他瞟了一眼晾在帐篷上的那张狼皮，不无同情地说，"它不知道它的老公已经死啦。唉，这只母狼要倒霉

了,它产下狼崽后,没有公狼的陪伴照顾,它和它的儿女是很难活下来的。"

强巴不愧是在山林里闯荡了三十多年的经验丰富的猎人,不仅能听懂不同的狼嗥声,而且对狼的生活习性有很深的了解。很多研究资料表明,分娩期和哺乳期的母狼,无法像雌性猫科动物那样,独自完成产崽和养育后代的过程。最主要的原因是,猫科动物以埋伏奇袭为主要猎食方式,而犬科动物习惯长途追击捕捉猎物;刚刚产下幼崽的母狼身体虚弱,没有足够的体力去远距离奔袭获得食物。因此,狼社会普遍实行的是单偶制,公狼和母狼共同承担养育后代的责任。

我又喝了满满一木碗青稞酒,耳酣脸热之际,突然冒出一个怪念头:如果我把大公狼的皮裹在身上,跑去找那只即将分娩的母狼,会怎么样呢?冒名顶替成功的话,我就能走进狼窝,揭开狼的家庭生活的秘密,获得极其珍贵的科学研究资料！我把自己的想法告诉了强巴，他吓了一大跳，结结巴巴地说："这……这行得通吗？它不是瞎眼狼，它……它一眼就能认出是真老公还是假老公。"

"不会的。"我很自信地说，"狼主要靠嗅觉识别东西。动物行为学有一个著名论断：哺乳类动物是用鼻子思考的。对狼来说，鼻子闻到的比眼睛看到的重要得多，也真实得多。我身材瘦小，和一只大公狼也差不了多少，我裹着公狼皮，浑身都是它所熟悉的公狼气味，能骗过它的。"

"万一它朝你扑来怎么办？"

"我有这个。"我拍拍腰间防身用的左轮手枪，"对付一只大肚子母狼，还不是小菜一碟。"

我从小就喜欢冒险，喜欢做别人没做过的事。在青稞酒的作用下，我荒诞的念头变成了一种无法抑制的渴

望和冲动。我把外衣外裤脱了,将还没晾干的狼皮胡乱缝了几针,像穿连衣裙似的套在身上。时值初秋,身上穿一件狼皮衣裳,冷暖还蛮合适的。

二

乌云遮月,山道一片漆黑。我提着一只鸡,作为"丈夫"馈赠妻子的礼物,循着狼嗥声,朝前摸去。走了约一里路,果真有一条乱石沟,怪石嶙峋,阴森恐怖。我一踏进石沟,近在咫尺的狼嗥声便戛然而止,四周静得让人心里发慌。一股冷风吹来,我忍不住打了个寒噤,肚子里的酒全变成了冷汗。我清醒过来,我怎么那么愚蠢,揣着小命往狼窝钻?哺乳类动物是用鼻子思考的,这话能当真吗?说不定是哪个假专家胡诌出来沽名钓誉的。母狼干吗非得用鼻子思考？难道它的眼睛就不能帮助它思考问题吗？就算这个论断是正确的，万一它上呼吸道感染鼻子堵住了呢？我越想越害怕，趁现在母狼还没发现自己，三十六计走为上。我刚要转身溜之大吉，突然，前方七八米远的一块磐石背后，出现两点绿光，荧荧闪亮，就像乱坟岗上的磷火。现在，想不干也不行了。我浑身毂觫，学着狼的模样，趴在地上，暗中拔出手枪，上了顶膛火，为自己壮胆。

"嗷——"，传来一声悠长的嗥叫，小灯笼般的两点绿光飘也似的向我靠近。月亮从两块乌云间的空隙里露出来，借着短暂的光亮，我看见，这是一只高大健壮的黑母狼，嘴巴很长，露出一口尖利的白牙。它腆着大肚子，一面缓慢地朝我走来，一面抻长了脖子，抖动尖尖的耳廓，耸动发亮的鼻吻，做出一副嗅闻状。它这是在验明正身呢。我一颗心陡地悬起来，我身上除了公狼的

气味,还有人的气味和酒的气味,我担心它会闻出蹊跷,闻破秘密,闻出我是杀害它的真正丈夫的凶手,那样的话,它不同我拼命才怪呢。我食指扣住扳机,枪口对准它的脑袋,但没舍得打。一篇精彩的博士论文比一次普通狩猎重要多了。不到最后关头,我不能放弃努力。我打定主意,要是它走到离我三步远的地方还不停下来,我就只好开枪了。它好像能猜透我的心思,不远不近,就在离我三步的地方停住了,定定地望着我,胸脯一起一伏地呼吸着,用鼻子辨别真伪。我不能无所作为地等着它来闻出破绽,我想,我该做点儿什么来解除它的怀疑。我想起我手中还有一只鸡,就把鸡扔到它面前。它立刻用前爪按住鸡,仔细嗅闻起来,闻了一阵后,闷声不响地蹲坐下来。我看不清它的表情,但我在一本教科书上看到过这样的介绍,犬科动物一旦蹲下来,就表示还没产生进攻的意图。我稍稍放宽了心。接着，我又捏着鼻子压低喉咙学了一声狼嗥。我们研究所里有一盘进口的各种狼嗥的原版录音带，为了应付野外考察，我曾像唱卡拉OK似的跟着录音机练习过。我叫得平缓舒展，尾音还渐沉两个八度，据资料介绍，这种声调表示两只熟识的狼见面后互相致意问好。但愿这录音带不是假冒伪劣产品。

我一发出嗥叫，没想到，黑母狼像触电似的跳了起来，眼光更绿得可怕。完了，我想，我又做了一件蠢事。我虽然跟着录音机模拟过狼嗥，但不可能像真正的狼嗥得那么地道，就像业余爱好者怎么练习卡拉OK，也唱不出大腕歌星特有的韵味一样。在黑母狼听来，我的嗥叫声就像蹩脚的外国话一样，洋腔洋调，别扭难听。这是真正的不打自招啊。果然，它的尾巴"唰"地平举起来，教科书上说，尾巴平举是狼即将扑咬的讯号，它的喉咙深处发出低沉的咕噜声，那是咆哮的前

奏。我紧张得浑身冒起鸡皮疙瘩，不能再等了，我只有先下手为强了。我正要扣动扳机，就在这时，它奇怪地抖了抖身体，尾巴软绵绵地耷拉下来，已涌到舌尖的咆哮似乎也被它强咽了下去。"呜——噢——呦——"，它发出一声绵长的变调的嗥叫，如果我没记错的话，那是一种轻微的埋怨。我长长地嘘了一口气，松开了扳机。

黑母狼停止了对我的审查，迫不及待地开始对付爪下那只鸡。它看起来是饿极了，猛烈撕扯，快速吞咽，稀里哗啦，风卷残云。短短几分钟时间，一只约四斤重的老母鸡就被它吃得差不多了。

我心里的一块石头这才落地。我知道，狼是一种机敏的动物，它若对我还有所怀疑的话，是不肯随便吃我扔给它的东西的。从情理上说，它接受了我的馈赠，也就表明接纳或者说承认我是它的"丈夫"了。

三

    黑母狼匆匆吃完鸡，转身朝乱石沟深处奔去，它步履踉跄，一副心急火燎的样子，好几次被乱石绊倒了，哀嚎一声，又挣扎着往前跑。只有消防队员和出急诊的医生才像它这般匆忙焦急。我手脚并用，跟在它后面爬。我只能爬，世界上还没有能用两只脚直立行走的"超狼"。爬就爬，这没什么了不起的，人类的祖先不就是用四只脚走路的吗，我无非是出于工作的需要，暂时返祖而已。

    黑母狼窜过一棵高大的孔雀杉，绕过一片灌木丛，一头钻进一个石洞里。黑黢黢的石洞里，传来拉风箱般的喘息声，传来身体猛烈的扭动声。天空亮起一道闪电，我看见，石洞不大，约有四平方米，黑母狼躺在石洞中央，身体底下有一摊血污。哦，它生产了。霎时

间,我明白了,它之所以对我模仿得很拙劣的狼嗥声不予深究,草草地结束了对我的审查,是因为它临近分娩,没有时间也没有精力再对我的真伪细细辨识。

我真幸运,如愿以偿地走进了狼的家庭。

石洞里传来黑母狼痛苦的呻吟,我在洞口犹豫着,不知道该不该钻进洞去。洞里有股浓烈的血腥味和骚臭味,说心里话,我是不愿意进去的。可我现在的身份是大公狼,赖在洞外不进去,不就显得太生疏了吗?罢罢罢,要想了解狼的生存奥秘,吃点儿苦受点儿罪总是免不了的。我捂住鼻子,往洞里钻,"呦——噢",黑母狼软弱无力地叫了一声,我一听就明白,这是欢迎我进洞。看来,狼的习惯和人差不多,妻子分娩时总是希望丈夫陪伴在身边。

我身体塞进洞去,脑袋伸在洞外,这样起码鼻子可以少受点儿罪。

半夜下起了大雨，刮的是西南风，倾斜的雨丝顺着风势，直往石洞里灌。石洞又小又浅，我若离开洞口，冷风和雨点肯定全落在黑母狼身上。这对正在分娩的黑母狼和刚刚产下的狼崽来说，都是致命的威胁。我倒不是同情黑母狼和它的崽子，但若它们遭到不幸，我的实验也要夭折。我别无选择，只有将自己的身体权当雨伞，替它们挡住这该死的风雨。我蹲在洞口，任凭风吹雨打。雨越下越大，我被淋得像只落汤鸡，不，是落汤狼。时间一长，我冷得瑟瑟发抖，上下牙齿咯咯咯地打仗。我快支持不住了，就在这时，"呦——呦"，背后传来柔声的嗥叫，接着，一个毛茸茸的东西，磨蹭我的背，虽然隔着一层狼皮，我还是清楚地感觉到，是黑母狼的脑袋靠在我的背上。唔，它是感激我替它遮挡风雨。它理解我的行为，它懂得我的心意，我心里涌起一股暖流，风雨浇在身上，好像也没刚才那么冷了。

天亮时,雨才停住。我看见,黑母狼的怀里,躺着三只小狼崽,两黑一黄。黑母狼真是一个能干的母亲,不仅自己把脐带咬断,把胎胞剥掉并吃了下去,还把小家伙们身上的血污舔得干干净净。它的尾根还滴着血,大概是头胎,身体显得很虚弱,软绵绵地躺在地上,疲倦地闭着眼睛。小家伙们眼睛还没睁开,凭着一种本能,在妈妈身上爬来爬去,寻找到奶头,贪婪地吮吸着芬芳的乳汁。

动物幼小的时候都是很可爱的。三只小狼崽细皮嫩肉,身体呈半透明状,茸毛细密,像锦缎般闪闪发亮。

黑母狼堪称是天底下最称职的母亲,它用舌头舔掉小狼崽的尿,把小狼崽拉的屎用爪子推到角落并用沙土盖起来,尽它所能保持着窝巢的清洁,减少会招引来天敌的气味。

四

研究过动物的人都知道，动物界缺少父爱。绝大多数种类的动物，例如老虎、山猫、野牛、雪兔，等等，雄性只在发情交配期间才跟雌性待在一起，一旦雌性怀孕，雄性便会招呼也不打地扬长而去。解释这种现象并不困难，在雌性生育和抚养后代的很长一段时间里，雄性不但得不到温存，还要没完没了地付出劳役，而动物都是按快乐原则生活的，没有快乐只有受苦，雄性当然要躲得远远的。

公狼为什么能在母狼产崽期间自始至终陪伴在身边，这是许多动物学家深感兴趣的研究课题。有的说，狼是一种高智商的动物，有最基本的血缘遗传的概念；有的说，狼和人类一样，天生具备一种做父亲的责任感；有的说，公狼有一种苦行僧的特点，甘心吃苦受罪。而

我，却亲身体验到了另一种答案。

我根据狼的特点，也根据黑母狼的需要，每天下午外出猎食。我当然不可能像真正的大公狼那样凭本事在荒野中捕捉到猎物，每一次，我都是手脚着地爬出黑母狼的视界，就立刻直起腰来，走回我的观察站，吃饭洗澡，美美地睡上几个小时，然后拿起强巴事先给我从集市上买回来的东西，一只鸡、一只鸭或一只兔，冒充我的狩猎成绩，太阳下山时，再踏着暮色返回狼窝。让我感慨的是，每次我临出洞前，它从不忘记要站起来，走到我的身边，用一种忧郁的、期待的、恋恋不舍的眼光长时间地盯着我，伸出粗糙得像尼龙刷子似的狼舌，舔舔我的额头，喉咙里发出一种呜呜的忧伤的声音，好像在对我说，只要我一跨出石洞，它就开始盼望我早点儿归来。傍晚，我的身影一出现在乱石沟，黑母狼就会惊喜地轻嗥一声，从石洞里窜出来迎接我，它跑到我的身边,不断地嗅闻我的身体,热情的眼睛像燃烧的火炭,喜滋滋地望着我,在我身边轻快地跳跃着,旋转着,明白无误地传递给我这样一个讯息:见到我非常高兴。它会帮我一起叼起猎物,肩并肩跑回石洞。有两次我回狼窝时,刚好下雨,它也照样冒着雨从石洞窜出来迎接我。回到石洞,它虽然饿着肚子,却并不马上进食。它会围着我带回去的猎物,边嗅闻边转圈,脸上露出喜悦满意的表情,轻轻嗥叫着,缠在我身边和我交颈厮磨,仿佛在对我说:"谢谢你给我带回了如此美味的晚餐,离开你我真不知道该怎么活。"三只小狼崽睁开眼睛会跑动后,黑母狼让它们也加入这种就餐前的感恩仪式,小家伙们憨态可掬,在我身上乱爬乱舔,欢快地吱吱叫着,小小石洞里,洋溢着一种家庭和睦的浓浓亲情。尽管我是个冒险走进狼窝的科学家,在这种时刻,我也强烈地体会到被它们重视、被它们需要、被它们依靠所带来的幸福

感,有一种自我价值得到了证实的满足。我想,如果我是一只大公狼的话,一定会为妻子、儿女的感激而陶醉,一天的疲劳和艰辛也就得到了最大的精神补偿。

真正的大公狼绝不可能像我这般走运,天天能捕猎到食物的,我想知道,如果某一天,大公狼一无所获的话,黑母狼又该是一副什么样的面孔呢?那天,我在观察站的帐篷里多睡了两个小时,然后,什么也没带,空着手回狼窝。黑母狼照例窜出来迎接我,我装出一副垂头丧气的样子,它跑到我身边,朝我的嘴和手看了一眼,立刻明白发生了什么事,愣了一愣,但至多一两秒钟后,便恢复了常态,兴高采烈、一丝不苟地表演它的欢迎仪式,它照样嗅闻我的身体,照样在我身边跳跃、旋转,并不因为我没带回食物而怠慢我,敷衍我,简化欢迎仪式。回到石洞里后,我闷闷不乐地缩在角落里,它仍缠在我身边用它柔软的脖子摩挲我的脖子,我听到了它的心声："你能平安回来，我就很快乐了；谁都有失败的时候，没关系的。"它还蹲在我面前，不断地舔自己的嘴角、唇吻、前爪和胡须，还舔自己的肚皮，这是狼吃饱后的动作，它此时此刻正饿着肚子呢，它这样做，我想是要告诉我，它肚子一点儿也不饿，别为它担心。

它自始至终没有哀嚎，也没有叹息，没有流露出一点失望的表情，也没有任何抱怨和指责。我作为一个冷静的观察者，也禁不住被它感动了。我想，我要真是一只大公狼，此刻一定会心生内疚，明天即使赴汤蹈火，也要捕捉到猎物的。

我不知道这是黑母狼特别聪明，特别懂生活，还是所有的母狼都具备这种感情素质。如果这是狼群的普遍行为，这或许可以解释公狼为什么在母狼生育和抚养后代的漫长时间里，都能忠贞不渝地待在母狼身边。

五

那只金猫搅乱了这一家子狼的宁静生活。

狼不会爬树,不能像山豹那样,把窝安到大树或悬崖上去,狼的窝一般都在离地面很近的石洞或树洞里,无论什么野兽,都能轻易走到窝边来。时而会有一头狗熊或一对狼獾,嗅着气味来到石洞前,馋涎欲滴,鬼头鬼脑地往洞里张望,企图将小狼崽捉去当点心吃。黑母狼守在洞口,凶猛地嗥叫着,摆出一副要与来犯者同归于尽的架势来。一般来讲,无论狗熊还是狼獾,见黑母狼守护得紧,无懈可击,逗留一阵后,都会讪讪地退走。

这只金猫却一连好几天像幽灵似的在石洞口徘徊。

金猫是一种中型猫科动物,体型和狼差不多,身手矫健,尤善爬树,是一种很难对付的猛兽。有两次,黑母狼嗥叫着窜出洞去，想和金猫拼个你死我活，但金猫总是敏捷地一跳，跃上树腰，用尖利的爪子抠住粗糙的树皮，"唰唰唰"飞似的爬上孔雀杉的树梢，惬意地趴在横杈上，拿一种讥诮的眼光望着树底下的黑母狼，似乎在说，你有本事就到树上来与我较量呀！

黑母狼气得半死，却拿金猫一点办法也没有。

这种情形下，最明智的办法就是悄悄搬家。惹不起，躲得起嘛。但我发现，狼有一个很大的弱点，不会像猫科动物那样在紧急情况下叼起自己的幼崽奔跑转移。因此，在小狼崽长到两个月会熟练奔跑以前，母狼是不会考虑搬家的。

黑母狼无法赶走金猫，又无法搬家，剩下的唯一办法，就是加强防范。它整天待在石洞里，我外出猎食的那段时间里，它一步也不会离开小狼崽，非要等我回来后才出去喝水或排泄。尽管如此，恐怖的阴影仍越来越

浓了。小狼崽一天天长大,已经断了奶,改吃母狼吐出来的肉糜。它们已经会蹒跚行走,那只长得最健壮的黄崽子,甚至会颠颠地奔跑了。小狼崽天性活泼好动,十分淘气,不肯老老实实地待在窝里,稍不注意,就爬出洞去。每逢这时,黑母狼便如临大敌,"嗷嗷"地厉声嗥叫着,用脑袋顶,用爪子打,把小狼崽们驱赶回窝。唉,日子变味了,我苦恼起来。黑母狼整天处于高度紧张的状态,吃不好睡不好,眼窝凹陷,胸肋暴突,一天比一天消瘦。有好几次,它睡得好好的,半夜突然惊跳起来,探出头去,朝孔雀杉发出凄厉的嗥叫。它一定是梦见金猫来叼它的小宝贝了。我怀疑再这样下去,它会患上精神分裂症,变成一只疯狼的。

这天早晨,阳光明媚。外面精彩的世界就像磁铁一样,把小狼崽的心吸引住了。它们不顾一切地翻过洞口的那道坎,连滚带爬到洞外玩耍。黑母狼绕着孔雀杉转了一圈,不见金猫的身影,也就听任小狼崽在洞外玩一会儿。

不管怎么说,小狼崽不是小囚犯,它们有权享受阳光和清新的空气。

小家伙们在铺满阳光的草地上嬉戏打闹。黄狼崽追逐一只红蜻蜓,跑到孔雀杉下去了,两只黑狼崽在灌木丛前扭成一团。就在这时,突然,乱石沟里刮来一股腥风,小路上耀起一片金光,那只该死的金猫,凶猛地朝毫无招架之力的小狼崽扑了过来。黑母狼全身狼毛竖立,嗥叫着,迎着金猫窜上去,企图进行拦截。眼瞅着黑母狼就要扭住金猫了,狡猾的金猫把那条和身体差不多长的饰有深褐色圆环的尾巴潇洒地在空中抡了个左旋,身体便倏地右转,直奔灌木丛前的两只黑狼崽。黑母狼火速右转,跳到灌木丛,把两只黑狼崽罩在自己身下。岂知金猫玩了个声东击西的把戏,又吱溜一转身,

爬上孔雀杉，顺着横杈，疾走如飞，来到黄狼崽头顶。很明显，它要从上面对黄狼崽下毒手了。黑母狼还在灌木丛，距孔雀杉有三十多米，远水解不了近渴，再说，黑母狼怕金猫再杀回马枪，也不敢离开两只黑狼崽去救一只黄狼崽。"呦嗷——"，黑母狼朝我发出一声求救的嗥叫。我正趴在一块石头上晒太阳，离孔雀杉很近。按理说，我是个严守中立的旁观者，不该对大自然正常的生活横加干涉。可我现在的身份是大公狼，是狼丈夫和狼爸爸，倘若我目睹黄狼崽被金猫叼走而无动于衷，这未免也太不负责任了。我爬下石头朝黄狼崽走去，边走边运足气朝金猫吼了一声，希望能把它吓走，可它大概觉得我行动缓慢，能抢在我赶到树下前把黄狼崽扑倒并叼走，对我的吼叫不予理睬，在横杈上曲膝耸肩翘尾，瞄准树底下的黄狼崽，眼看就要像张金色的网一样罩下来了。听任它扑下来，压也要把黄狼崽压死。我来不及多想,掏出左轮手枪,朝树上开了一枪。砰!清脆的枪声在山谷震起一片回响,空气中弥漫开一股刺鼻的硝烟味。子弹刚好撞在金猫那条漂亮的长尾巴上,半条猫尾和几片树叶一齐掉落下来。负了伤的金猫惨嚎一声,扭头钻进树冠,又跳到山崖上,很快逃得无影无踪了。你就算请它,它也不会再回来了。

虽然在千钧一发之际救下了黄狼崽,但我仍后悔贸然开枪。除了童话,世界上不可能有会开枪的狼。我虽然及时把枪藏回腰间,但枪声和火药味是藏不住的。要是因此而引起黑母狼的怀疑,被它识破我的真实身份,那就前功尽弃得不偿失了。黑母狼带着两只黑狼崽,跑过来。我忐忑不安地注视着它。它沉浸在危机终于彻底解除的巨大喜悦中,似乎对枪声和火药味并不在意,它叼起半条猫尾,深情地凝望着我,在我身边舞兮蹈兮,嘴里"呦呦呜呜"地说着许多我听不懂的狼话,我想,

它肯定是在赞美我和感激我。

看来，它已习惯把我当它的大公狼了，连陌生的枪声和刺鼻的火药味也不会让它生疑了，我想。

六

一晃两个月过去了，三只狼崽健康成长，已经变成半大的小狼了。黑母狼也恢复得很好，毛光水滑，精神飒爽。昨天下午，它还替代我去猎食，叼回一只小羊羔，这证明它又有能力在荒野狩猎了。

天气已逐渐转凉，树叶飘零，草地泛黄，早晨起来，大地一片亮晶晶、白茫茫，铺了一层清霜。从前天开始，每当皓月升空，黑母狼就会爬到山顶，对着月亮兴奋地发出一声声长嗥，传递着思念与渴望，声音高亢嘹亮，具有极强的穿透力，在旷野里传得很远很远。书上记载过孤狼嗥月，那是一种呼朋引伴式的呐喊。按照狼的生存习惯，一到深秋，分散在各处的狼就要纠集成群，许多小家庭合并成一个大家庭，依靠群体的力量渡过严酷的冬天，半大的小狼向父兄们学习狩猎技艺，在冰天雪地中磨炼筋骨和意志，在群体的庇护下，长成大狼。来年春暖花开后，狼群又自动化整为零，寻找配偶，组成一个个小家庭。

一年一个轮回，这就是狼的生命历程。

今天下午，黑母狼又抢在我前面外出觅食了，我在家留守。天气干燥晴朗，石洞里暖融融的，三只半大的小狼在外面玩累了、玩够了，此刻缩在角落里睡得正香；那半条被当作战利品叼回洞来的猫尾，搭在它们的脖颈间，就像缠了一条花围巾。我靠在石壁上，寻思着该不该进一步混进狼群去。我想，黑母狼已经铁定把我当作

大公狼了,证明哺乳动物是用鼻子思考的这个论断,确实是真理;既然我能成功瞒过黑母狼,那么也完全有可能瞒过其他狼。要是成为狼群的一员,我就能揭开狼群神秘的面纱,破译狼的全部生活密码,写出一部轰动世界的著作……

我这几天夜里没睡好,困得要命,想着想着,眼皮发沉,睡着了。

突然,我觉得身上发冷,好像有谁在粗鲁地剥我的衣裳,我睁开蒙眬睡眼,黑母狼正叼着我裹在身上的那张狼皮,猛烈拉扯。我这是在做噩梦哩,我想。可是,我伪装用的狼皮眨眼间已被它剥了下来,叼在它的嘴角。我吓出一身冷汗,翻身想起来,可已经晚了,它吐掉狼皮,闪电般地扑到我身上。狼的力气比我想象的还要大,动作也迅速麻利,一下就把我仰面压倒在地,它布满血丝的瞳仁里燃烧着复仇的火焰,胸腔里发出"嗷嗷"的低嗥，白森森的尖利的狼牙直逼我的喉管，完全变成了一只兽性大发的恶狼，仿佛在对我说："两个月的游戏该结束了，旧账该算一算了！"我彻底清醒了，我真愚蠢，一直以为自己成功地扮演了大公狼的角色，殊不知，什么也没能瞒过它。毫无疑问，它从一开始就看出或者说闻出我是个乔装打扮的假狼，之所以容忍到现在，是因为它无法单独承担起养育狼崽的重担，需要我为它提供食物，保全三只小狼崽的生命。它装得多像啊，恋恋不舍地目送我外出觅食，兴高采烈地欢迎我狩猎归来，进食前还搞什么感恩仪式，把我蒙在了鼓里。我真以为我骗过了它，闹了半天，是它耍弄了我。真是一只狡猾透顶的母狼，一位忍辱负重、委曲求全的母亲，一个天才的演员。它成功地利用我，渡过了难关，它的三只小狼崽已经长大了，它自己也能够单独猎食了，它不再需要我，就像冬天过去后不再需要一件破棉

衣一样。压在它心底两个月的仇恨终于爆发出来了。在它眼里,我是一个乔装打扮混进狼窝的用心险恶的敌人,也许更糟糕,它把我看成了杀夫的仇人。它想咬断我的喉管,置我于死地,为被我剥了皮的大公狼报仇雪恨。它一脸杀气,两只狼眼闪烁着恶毒的光,狼舌已舔到我的脖子,我一只手奋力顶住它的下巴颏儿,一只手伸到腰间摸枪。生死搏斗,我只有动枪了。我的手在腰间摸索了一遍,左轮手枪不翼而飞了,只剩下一只空枪套。我脑子"嗡"的一声,完了,它知道我有枪,我为了救黄狼崽,曾朝金猫开过一枪,它听到过枪声,闻到过火药味,目睹了猫尾被子弹斩断的情景,它晓得枪的厉害,在剥掉我伪装前,它先偷走了我的枪!哺乳动物是用鼻子思考的这个论断,真该好好再推敲推敲;它们既用鼻子思考,也用眼睛思考,更用脑子思考。我内心极度虚弱,极度慌乱,出于一种求生的本能,我胡乱踢蹬挣扎着，两只手想去掐狼脖子。黑母狼徒手格斗的水平显然比我高得多，狼头一甩，避开我的手，长长的嘴巴又巧妙地探进我的颈窝。我想抓块石头劈它的脑袋，遗憾的是，近旁没有石头，倒摸着了半条猫尾。这时，黑母狼的牙齿已叼住了我的喉管，危急之中，我抓起猫尾朝狼嘴塞去。

料想不到的事情发生了，在猫尾砸到脸上的一瞬间，它的身体颤抖了一下，停止了噬咬，强有力的爪子也松懈下来，绷得紧紧的身体也松软下来。我趁机把它推开，翻身爬了起来。

黑母狼站在洞口，怔怔地望着我。它的眼光在我、猫尾和三只受到惊吓、缩在角落的小狼之间来回移动，一片迷惘，它一声接一声凄厉地哀嚎，显得内心十分矛盾。

哦，那半条猫尾勾起了它对往事的怀念，我毕竟帮

过它，要是没有我，它的三个小宝贝早喂了金猫了。它受到了良心的谴责，不忍心对我下毒手。

我觉得，我不能指望它的良心发现。狼的本性是残忍的，不然不会有狼心狗肺的成语。我想，它只是一时被矛盾的感情所困扰，很快就会从迷惘中回过神来，再度向我发起致命的扑咬。我不能傻乎乎地站在这里等死，我要设法逃出洞去。我慢慢地移到洞底，抱起黑母狼最宠爱的那只黄毛小狼，这是唯一可以使用的武器了，我抓住黄毛小狼的后腿，准备朝黑母狼抡打，打碎它母亲的心，打得它灵魂出窍，然后，趁机夺路逃命。

就在这时，洞外传来了乱糟糟的狼嗥声。

七

一群狼，准确地说，是七八只大狼，十几只小狼，嗥叫着，欢跃着，顺着乱石沟奔了过来。我吓得魂飞魄散，身体软得像被雨浇了的泥人，一屁股瘫坐在地上。黄毛小狼从我手中逃脱出来，委屈地呜咽着，逃到黑母狼身边去了。我最后一点求生的希望也破灭了。我连一只黑母狼都对付不了，面对一群狼，还能逃生吗？别说我现在赤手空拳，就是左轮枪没掉，也无法抵挡凶猛的狼群。高黎贡山曾发生过这样的事，十几名荷枪实弹的士兵到深山去执行一项任务，碰上狼群，结果变成了十几具白骨森森的骷髅。

唉，谁叫我异想天开，要混进狼窝里来呢？

黑母狼带着三只小狼，钻出洞去。石洞外的草坪上，传来狼们久别重逢的热闹与惊喜。大狼和小狼互相

亲昵地嗥叫着,嗅闻对方的身体,这是群体成员间相互认可的一种仪式。

天还没有黑,山川大地涂上一层玫瑰色的晚霞。洞里洞外亮度差别很大,洞外的情景我看得一清二楚,除非钻进洞来,它们是看不见我的。但我想,黑母狼很快就会带几只大公狼进洞来收拾我的。

我一筹莫展地坐在石洞里,像已被判了死刑的囚犯,等着狼群来把我撕成碎片。

可等了好几分钟,也不见黑母狼折回洞来。它好像为狼群的到来高兴得忘乎所以,完全就把我遗忘了。谢天谢地,但愿是这样。可就在这时,一只独眼大公狼不知是出于无聊还是好奇,走到石洞口来,鬼头鬼脑地向洞内窥望。洞里一团黑,它只有一只眼,当然什么也看不见。它低下头,鼻吻贴着地,作嗅闻状。我忍不住哆嗦了一下,虽然在狼窝里待了两个月,但我身上肯定仍有对狼来说属于异类的气味,更可怕的是,我刚才跟黑母狼搏斗,手臂和大腿上被划出好几道血痕,脖子也被狼牙轻度刺伤,血腥味很难瞒过灵敏的狼鼻子。我曾在一篇国外的资料上看到过这样的介绍:对嗜血成性的饿狼来说,闻到了血味就好比猫儿闻到了鱼腥,会刺激它冲动起来。果然,独眼狼身上的狼毛陡地竖立起来,鼻翼快速翕动,那只独眼闪烁着惊疑的表情。它微微抬起脸,张开嘴,马上就要发出报警的嗥叫了。我的心脏差不多快停止跳动了。就在这时,黑母狼"唰"地蹿了过来,脑袋用力一顶,把独眼狼顶离了石洞口。独眼狼绕了个圈,又想从另一侧走进洞口,黑母狼旋身用身体挡住它,阻止它接近洞口。独眼狼并不是盏省油的灯,它好像非要钻进石洞来看个明白,换了个角度,铆足劲要往里冲,黑母狼龇牙咧嘴,"嗷——",凶狠地嗥了一声,朝它发出最严厉的警告:"你再敢胡来,

我就要对你不客气了！"独眼狼这才无可奈何地退了下去。

黑母狼像个卫兵似的站在洞口。

过了一会，一只特别健壮的黑公狼仰天长嗥一声，狼群开始向深沟里开进。等狼群走远后，黑母狼这才钻进洞来，用一种混合着仇恨、感激、憎恶、谅解的十分复杂的眼光最后看了我一眼，叼起那张在我身上裹了两个月的狼皮，冲出石洞，追赶它的伙伴们去了。

从此以后，我再也没见过黑母狼和它的三只小狼崽。

❸ 白狼
BAILANG

当寨子里接二连三地发生羊羔神秘失踪的事件后，有经验的猎人断定，附近一定出现了狼！于是，寨子里组织了一支捕猎队，进山追剿。几天后，嗅觉灵敏的猎狗把我们引进夏洛山一个隐秘的石洞，拧亮手电，洞里有一只黄毛狼崽子，还没满月，刚刚会蹒跚行走。不见母狼的踪影，估计是外出觅食了。

"这家伙，长大后也是一个偷羊贼！"村长说着，抽出长刀就要往狼崽子脖颈上砍。

老猎人波农丁一把拦住村长说:"母狼回来看到狼崽子被杀,没了牵挂,也没了顾忌,会嗅着气味找到我们寨子,疯狂报复的。"

"那该怎么办?"我问。

"最好的办法是把小狼崽四条腿打断,母狼舍不得扔掉残废的儿女,又不敢再继续待在这方给它带来灾难的土地,就会叼着这只小狼崽远走他乡的。"

"不行不行,"村长断然否定道,"这样做我们这儿倒是安宁了,可其他寨子的牛羊就要遭殃,我们怎么能把祸水乱泼呢?"

"还有一个办法,就是把这只小狼崽带回寨子去,当作'人'质,不愁母狼不来送死。"波农丁胸有成竹地说。

于是,我们用麻绳套住狼崽子的脖子,拴在村外石灰窑旁的一根木桩上。四周是一片开阔地,便于观察和射击。捕猎队两人一组,白天、黑夜轮流值班,握着上

了膛的猎枪，趴在距狼崽子二十来米远的石灰窑顶上。

第三天下半夜，轮到我和波农丁值班了。据前面那些猎人说，前两天夜里，母狼都曾光临过石灰窑，但都只是在离木桩两百来米远的树林里徘徊嗥叫，没敢走到开阔地来。我和波农丁爬到石灰窑顶上，交班的村长说，就在一个小时前，天上一块厚厚的乌云遮住了月亮时，明亮的月夜转眼间变得漆黑，母狼曾闷声不响地突然从树林里窜出来，疾风似的奔向拴着狼崽子的木桩。但就在它快接近木桩时，那块乌云被风吹开，大地重新被月亮照得如同白昼，村长和另一位猎手发现情况不妙，赶紧朝母狼开了两枪，虽然在慌乱中未能射中，却把母狼震住了，它转身逃回了树林。村长强调说，他看得清清楚楚，那是一匹毛色灰黑的母狼，两只眼睛就像绿灯笼。

木桩那儿，小狼崽在断断续续、有气无力地哀叫。

几天来，我们只喂它喝了一些米汤，小家伙瘦得皮包骨头，快饿死了。

我卧在石灰窑顶上，不时仰望天空，还好，夜空越来越晴朗，看不见大块大块的云朵，也就是说，不会再发生母狼趁黑作案的可能。

鸡叫二遍，启明星升起来了。看来，狡猾的母狼知道这儿有埋伏，不会来"咬钩"啦。我搁下枪，疲倦地打了个哈欠。

"别大意，小狼崽快要死了，今夜母狼无论如何也会来救它的。"波农丁说。

"它不会那么傻，白白来送死。"我说。

正说着，突然听见石灰窑下"瑟喇瑟喇"一阵响，波农丁和我立刻把枪口对准发出响动的角落，手指紧扣着扳机。一会儿，石灰窑的阴影下，钻出一条白狗来。月光下，我们看得清清楚楚，确实是一条毛色雪白

的狗，白得没有一丝杂质，白得十分醒目。波农丁放下枪，嘟囔道："哪家的狗，三更半夜跑出来捣乱！"

我也再次搁下枪，把头枕在臂弯，想打个瞌睡。

白狗从我们的眼皮底下，不紧不慢地向木桩跑去。

"嘘，嘘，滚开，别过去！"波农丁挥手驱赶白狗。

白狗扭过头来望了波农丁一眼，仍小跑着靠近木桩。在它回头一瞥的时候，我觉得脸上被两道绿莹莹的寒光扫过，忍不住打了个寒噤。我还从没见过如此凶恶的狗眼哩。我想把这不祥的感觉告诉身边的波农丁，又怕他嘲笑我胆小如鼠，看见一条狗都会害怕，便将涌到舌尖的话又咽进肚去。

白狗来到木桩边，低着脑袋在忙乎，它背对着我们，我们看不见它究竟在干什么，但小狼崽却奇怪地停止了哀叫。

"莫不是大白狗把狼崽子给咬死了？"波农丁搁下枪，

跳下石灰窑,扯了根树枝,"老子打断它的狗腿,打烂它的狗嘴!"

波农丁奔到木桩前,突然恐怖地大叫起来:"它在咬麻绳,狼崽子在吃它的奶,它不是狗,是狼!快,快开枪!"

我头皮发麻,赶紧端枪瞄准,嘿,惊慌失措的波农丁也在我的准星里呢,我总不能连人带狼一起送上西天吧。好不容易让波农丁闪到一边去了,那白狗,不,那白狼已咬断麻绳,叼起狼崽子飞似的逃进树林。

"明明是匹黑狼,怎么突然间变成一身白了呢?"波农丁大惑不解地问。

是啊,只听说过北极有白狼,滇南一带的狼,不是黑,就是黄,从没听说过有白狼的。

我和波农丁拧亮手电,在木桩前的草地上照了照,草叶上落了一层石灰,我们总算解开了黑狼变白的奥秘。原来母狼钻进石灰窑，蹭了一身的生石灰，乔装打扮，化装成一条狗，骗过我们的眼睛，救出了自己的孩子。这真是一匹勇敢而又聪明绝顶的母狼。

4 灰夫妻

HUI FUQI

我养了三十几只鹅,毛色纯白,十分漂亮。唯有一只公鹅和一只母鹅,羽毛灰褐色,我就给它们起名叫灰小子和灰姑娘,当它们组成家庭后,我很自然地称它们灰夫妻。

这对灰夫妻不但羽毛灰不溜秋地缺乏美感,身体也比大白鹅瘦小,因此在鹅群中的地位很低,日子过得灰暗,常受到其他鹅家庭的欺负。那群鹅主要的生活区域是我屋后那块和篮球场差不多大小的池塘,各个鹅家庭根据自己在鹅群中地位的高低,固定地占据某一片水面,例如池塘左侧水草最茂盛、鱼虾最集中的水域,便属于老公鹅长颈鹿和母鹅雪妖所有,只要它们在,其他鹅便不敢游过去染指。灰夫妻在鹅群中地位最低,拥有的水面当然是最差、最小的,位置刚好和头鹅长颈鹿毗邻,就在池塘靠岸那块巴掌大的葫芦形的浅水湾里,水质浑浊,浅得连鱼虾都不屑游过来玩耍。

四月,正是鹅抱窝孵卵的季节,灰姑娘孵出了四只毛茸茸的、比蒲公英还娇嫩的小灰鹅。家鹅是一种早成鸟,小鹅出生几个小时后,就能跟随妈妈和爸爸到水里游泳觅食。我刚好到池塘疏通堵塞的水沟,看见灰小子和灰姑娘带着它们的小宝贝,"吭吭"叫着,往葫芦湾走去。它们来到平时下水的地方,灰姑娘摇摇摆摆地举着蹼掌刚要踩进池塘去,突然,老公鹅长颈鹿从池塘的水草间游出来,游到灰姑娘面前,长长的脖子先是往后

仰,仰到和尾羽成一条直线后猛地弹射出去,扁阔的喙在灰姑娘胸脯上重重地啄了一下,灰姑娘闪了个趔趄,靠一只翅膀撑地,才勉强没栽倒。四只小灰鹅吓得赶紧从水边退回岸上。

长颈鹿脖子伸向天空,"吭吭吭"地不停叫唤,好像在发布庄严的宣告:这块葫芦湾已经归我家所有了!

母鹅雪妖正带着早两天出壳的五只金灿灿的小鹅,神气活现地在葫芦湾里游来游去。

想来,老公鹅长颈鹿和母鹅雪妖因为家里添丁增口,嫌原来的水域小了,便趁着灰夫妻在岸上的鹅棚孵卵,强占了这块巴掌大的葫芦湾。

灰小子和灰姑娘在岸上愤愤不平地叫唤了一阵,带着四只小灰鹅沿池塘往前走,试图寻找可以下水的地方,但所有的水面早已被其他鹅家庭瓜分完毕,它们无论走到哪里,都不受欢迎,遭到了大白鹅们的威胁和驱逐。

它们顶着烈日围着池塘转了一圈，最后又垂头丧气地回到了葫芦湾。

四只小灰鹅被太阳晒得难受极了，经不住水的诱惑，"呀呀呀"地吵闹着要下水。灰姑娘用喙摩擦着灰小子的翅膀，然后坚决地将灰小子的头扭向守在葫芦湾下水处的长颈鹿，嘴里发出短促、激烈的如滚滚战鼓一般的叫声。

我养过多年鹅，鹅是所有家禽中最聪明、最有感情也最能表达感情的一种动物，灰姑娘的这个身体动作，是在催促灰小子前去讨伐长颈鹿。

公鹅是家庭利益的捍卫者，鹅家庭之间发生争执，通常都是由公鹅与公鹅用武力来解决。

灰小子胆怯地望望比自己高出一头的长颈鹿，又低头望望渴盼着浸泡到水里去的小灰鹅，鼓起勇气"吭吭"

地高声叫着,向葫芦湾下水处奔去。

老公鹅长颈鹿拍扇着翅膀从池塘登上岸来迎战。一白一灰两只公鹅在沙砾上互相用喙啄咬,用翅膀抡打。

灰小子体力上和精神上都处于劣势,两个回合下来,就败下阵来,翼羽折断了好几根,冠顶上的肉瘤也被啄出了血。它逃回灰姑娘身边,缩起脖颈,羽毛紧闭,蹲在地上,瑟瑟发抖,一副丧魂落魄的样子。

据我所知,公鹅征战失利逃回来后,母鹅大致有两种表现:一是学着公鹅的样,缩羽垂头,哀叫数声,表示与丈夫共同分担失败的忧伤与耻辱,可以称之为同情姿势;二是轻蔑地扭过头去,转身走开,表示不屑与窝囊丈夫待在一起,可以称之为鄙夷姿势。

让我吃惊的是,灰姑娘既没做同情姿势,也没做鄙夷姿势,而是撑开翅膀,脖颈降到与身体平行的高度,

喙上翘着,迈着优雅的步伐走到灰小子身旁,高一脚低一脚,舞兮蹈兮,优美地扇动起翅膀来,"吭吭"地发出兴高采烈的叫声。

我熟悉灰姑娘这套肢体语言,是鹅典型的庆典动作。凡公鹅在征战中取得了辉煌胜利,母鹅就会用这个姿势欢迎公鹅凯旋。

可灰小子并没取得胜利,恰恰相反,遭到了惨败,灰姑娘使用庆典动作,有点儿像在葬礼上演奏起婚礼曲,文不对题,牛头不对马嘴。连灰小子都意识到了这一点,羞愧难当地将扁阔的喙连同脑袋,一起深深扎进翅膀底下。

灰姑娘仍执拗地表演着庆典,舞姿越来越热烈,感情越来越投入,叫声也越来越响亮,完全是真诚的喜庆。四只小灰鹅也学着妈妈的样,脖颈平伸,喙上翘着,稚嫩的小翅膀摇曳拍扇,围着蹲在地上的灰小子翩然起舞。

我养了多年的鹅，还是第一次看见母鹅用庆典对待一只失败的公鹅。

随着庆典的展开，我发现，灰小子沮丧和颓唐的情绪慢慢在消退，脑袋从翅膀底下钻了出来，神气地昂立起来，麻栗色的瞳仁像重新吹燃的火塘，光焰四射，紧闭的羽毛一点一点膨胀开，身体明显变大了一些。它站起来，摇摇摆摆地再次朝长颈鹿奔过去。

这一次，灰小子表现得比刚才勇敢多了，与长颈鹿扭成一团，打得难分难解。突然，它敏捷地爬上长颈鹿的背，用肩胛上的硬骨重重敲打长颈鹿的脑袋。长颈鹿大概被敲晕了，节节后退，没留神"扑通"掉进池塘去了。灰小子也跟着跳下池塘，一下把长颈鹿踩进水里。长颈鹿呛了一口水，受到严重惊吓，从水里浮起来后，迅速划动蹼掌，往母鹅雪妖身边逃窜。

雪妖轻蔑地扭过头去,带着五只小金鹅,转身游进水草中去了。

长颈鹿丧气地闭紧羽毛,缩下脖颈,游离了葫芦湾。

灰夫妻终于夺回了本来就属于它们的葫芦湾,带着四只小灰鹅,高高兴兴地在水里戏闹觅食。

灰姑娘一反传统做法,向遭受失败耻辱的灰小子使用庆典动作,唤醒了灰小子的自尊,激起了灰小子的斗志,对母鹅来说,真是一个了不起的创举。

5 金丝猴与盘羊

JINSIHOU YU PANYANG

金丝猴和盘羊是完全不同的两种动物，但奇怪的是，凡发现金丝猴的地方，肯定会有盘羊，而有盘羊的地方，肯定能找到金丝猴。有人解释说，盘羊之所以像影子似的跟着金丝猴，是因为盘羊爱吃椿树叶，但它不会爬树，光靠自己无法享用这美味佳肴；而金丝猴也爱吃椿树叶，骑在树杈上，两只前爪左右开弓，一把一把将椿树叶从树枝上捋下来，贪婪地塞进嘴去；这种吃法，浪费极大，吃一半掉一半，站在树下的盘羊便可大捡便宜，坐享其成了。

在一次集体狩猎中，我才知道，这说法完全是一个错误。

我们在一片椿树林里发现了十几只盘羊，悄悄地摸过去，但还没等我们到达有效射程，树冠上突然响起尖锐刺耳的猴叫声，立刻，正在安静吃食的盘羊警觉地抬起头来，往山脚方向移动。金丝猴居高临下，视界开阔，像机警的哨兵，为盘羊群通风报信！我们只好改变将盘羊群包围起来用枪射击的方案，唤出十来条猎狗进行追撵。盘羊群望风而逃，猎狗兴奋地吠叫着，旋风般地扑了过去。

我们站在山顶看得很清楚，在盘羊群里，有一只才生下不久的小羊羔，跑着跑着，气力不支了，渐渐落在后头。羊角扭成麻花状的大公羊们都逃到前面去了，唯有一只长着弯角的母羊留在后头，陪伴着小羊羔，毫无

疑问，这只母羊是小羊羔的妈妈，舍不得丢下自己的小宝贝独自逃命。不一会儿，训练有素的猎狗便离羊羔越来越近了。冲在最前头的大黑狗赛虎离小羊羔只有一步之遥，再有两分钟，不，顶多再有一分钟，狗嘴就能咬住羊腿了。所有在场的猎人都相信，小羊羔连同那只母羊，绝对逃不脱猎狗的追捕了。

就在这时，突然，前面一棵红椿树上，"哗啦"掉下一串东西来，像把软梯，我仔细一看，原来是几只金丝猴，你抱着我的腰，我抱着它的腰，从树冠上垂下来。这种高难度的杂技动作，对猴子来说，易如反掌，我在澜沧江边曾多次见过金丝猴用这种倒挂软梯的办法，从高高的树上下到江里来捞青苔吃。眼下这串猴子从树冠上吊下来想干什么呀？地上既没有青苔，也没有浆果，只有咆哮的狗群，做游戏也不是个时候嘛。吊在最末尾的是一只长着朝天鼻的老公猴，它头朝下，双臂差不多快触摸到地面了,翻开浅灰色的厚厚的嘴唇,朝正向它逃来的母羊和羊羔"啾啼啾啼"地叫起来。母羊听到叫声,立刻用弯月形的羊角顶着小羊羔的屁股,径直往老公猴赶来。当小羊羔逃到老公猴面前时,只见老公猴张开双臂,一把将小羊羔抱起来,倏地一个翻身,一手抱着羊羔,一手攀拉"猴梯",踩着其他猴子的身体,"噔噔噔",飞快地蹿上了茂密的树冠。小羊羔被安全抱上树冠后,"猴梯"便自动地一节一节拆卸开来,极有秩序地迅速撤回到椿树上去了。

大黑狗赛虎追到椿树下时,正好是小羊羔被抱起并升到"猴梯"中央的时候,赛虎蹿高扑咬,可惜,只咬到一团空气。很快,十几条猎狗都赶到了椿树下,它们不会爬树,围在树底下徒劳地狂吠一通。

小羊羔被金丝猴安全地抱上了树,等于为那只母羊卸去了沉重的心理负担,也等于解开了束缚着它的无形

绳索，它突然加速，飞跑起来，一眨眼的工夫，便消失得无影无踪。

等我们来到椿树下时，猴群也转移不见了。眼看就要到手的羊肉飞掉了，大家都很气恼，赌咒发誓要教训这群爱管闲事的金丝猴。

最有经验的老猎人波农丁观察了一下地形后很肯定地说，这群金丝猴还在这片方圆一公里左右的椿树林里。道理很简单，山脚下就这么一片孤零零的树林，出了树林，东面是湍急的流沙河，南面是一条国防公路，西面是陡峭的布朗山，北面是一大片卵石滩，金丝猴习惯在树上生活，不到万不得已，是不会离开树林下到地面上来的。波农丁把狩猎队分成三组，一组带七条猎狗扼守公路，不让猴群越过公路逃进大黑山原始森林，二组带剩下的五条猎狗扼守通往寨子的那片开阔地，以防止猴群逃进寨子边那片密不透风的苞谷地里去，三组负责在椿树林里点火放烟，把这群可恶的猴子熏出来。

我们人手不够，没去守东面的流沙河和北面的卵石滩。我们一致认为，东面和北面守不守都无所谓，金丝猴怕水，打死它们也不敢泅渡流沙河，而卵石滩上布满了大大小小的鹅卵石，猴子爬树、登山都很厉害，但在平地行走，连人都不如，尤其在卵石滩上，动作笨拙缓慢，根本逃不快。就算它们往北面逃窜，我们等它们走进卵石滩后，再追击也不迟，动作敏捷的猎狗很快就可从西、南两个方向追赶过去，将它们包围在卵石滩里。

我被安排在第三组，我们几个人捡了一些枯枝败叶，在上风口点起七堆火，等烧旺后，用草皮将火堆盖起来，霎时间，浓烟滚滚，顺着风势，直往椿树林里飘去。很快，整个椿树林烟尘弥漫，就像一只大烟囱。里

面传来"哼吭哼吭"的咳嗽声,传来喧哗与骚动声。不难想象,那群金丝猴在树上被浓烟熏红了眼,熏昏了头,眼泪、鼻涕都熏出来了,抓耳搔腮,上蹿下跳,活像热锅上的蚂蚁。

树冠哗啦啦响,哦,这群金丝猴被烟熏得受不了啦,要逃命啦!

树冠上的声响往北转移,不一会儿,从连接卵石滩的一棵椿树上,滑下一串金丝猴来,它们在卵石滩里跌跌撞撞,抱头鼠窜。

波农丁吹响了牛角号,西、南两路十二条猎狗吠叫着冲向卵石滩。

嘿嘿,这群珍贵的金丝猴成了瓮中之鳖啦!

金丝猴们扶老携幼,在卵石滩上缓慢爬行,它们失去了树的掩护与依托,也就失去了原本的优势,是无法抵挡猎狗进攻的。

两组猎狗呈钳形态势将猴群包围起来,眼看就要穿插分割,进行最后的噬咬了,突然,朝天鼻老公猴"呦——嗷——呦——嗷——"地仰天长啸起来,我以为它是在绝望地哀号呢,殊不知随着它的叫声,从西面布朗山脚下,奔出一群盘羊来,清一色都是羊角扭成麻花状的身强力壮的大公羊。盘羊习惯在高低不平的山崖上行走,坚硬的羊蹄在卵石滩上如履平地,驰骋如风,一转眼,它们就出现在猴群面前。只见金丝猴们"呼啦"分散开,一只金丝猴拥着一只盘羊,猴爪抓住羊角,就像骑手抓住缰绳一样,轻盈一跳,骑到羊背上,步兵变成了骑兵,盘羊带着金丝猴,轻捷地在卵石滩上跳跃奔驰,朝布朗山方向逃去,地上扬起一团团轻烟似的尘土。

猎狗的奔跑速度本来就不如身强体壮的公盘羊,在高低不平的卵石滩里,更不是公盘羊的对手,只能"汪

汪"叫着,望尘莫及。

望着远去的盘羊和金丝猴,我感慨万千,真没想到,在动物界,会有如此配合默契的协作与互助。为了生存,为了抵御共同的敌人,金丝猴与盘羊,两种完全不同的动物,互为依傍,共同生活,你为我站岗,我为你放哨,你救我的羊羔,我驮着你逃出绝境,真不愧是团结的楷模。

6 苦豺制度
KUCHAI ZHIDU

一

埃蒂斯红豺群行进在风雪弥漫的尕玛儿草原上。七八十只雌雄老幼个个无精打采，耳窝中、脑顶上和脊背凹处都积着一层雪花，宛如一支戴孝送葬的队伍。每只豺的肚皮都空瘪瘪地贴到了脊梁骨，尾巴毫无生气地耷拉在地，豺眼幽幽地闪烁着饥饿贪婪的光。队伍七零八落地拉了约两里长。

"嘀叽——"

豺王索坨纵身跳上路边一块突兀的岩石，居高临下向豺群大声嚣叫。它想把落在后头的那几只豺叫唤上来。历来，埃蒂斯红豺群在狩猎途中，都用方块或圆形的阵容向前推进的，这是对地域环境的适应和由此而派生出来的最佳生存选择。

豺虽然生性凶猛但身体瘦小，不仅比不过狼，比一般草狗也瘦了整整一圈，若要单个和食肉猛兽较量极难占据上风，也无法把中型和大型食草动物列入自己的食谱，只有依靠群体的力量才能在弱肉强食的丛林中占有一席之地。方块或圆形的阵容既象征着群体的不可分割，让食肉兽望而生畏，又有利于豺王在碰到突发事件或遇见猎物时，能及时有效地调度指挥。

遗憾的是，索坨连叫几声，豺群却毫无反应，队伍仍然松松垮垮，像条脊椎骨被抖散的蛇。真是白费了力

气。索坨很悲伤，豺王的传统权威受到了饥饿的挑战。

鹅毛大雪一连下了好几天，日曲卡山麓一片白茫茫，尕玛儿草原像铺了一层厚厚的白地毯，古戛纳河也结起了冰层。埃蒂斯红豺群虽然堪称雪山草原一流的狩猎部落，但在如此严寒恶劣的气候条件下，却也碰到了生存危机。形形色色的食草类动物不是集体迁移到南方去越冬就是藏在洞穴里冬眠，像雪兔、山獾、牦牛这些少得可怜的既不迁移又不冬眠的食草类动物，也由于寒冷而躲在山旮旯或丛林某个隐蔽的岩洞内，不敢轻易出来，就算有个别动物耐不住饥饿冒险走出窝穴，它们的气味也会被湿重的冷空气盖住，它们的声音也会被呼啸的风掩盖，它们的踪迹也会被急骤降落的雪花用极快的速度抹去。在这样的气候下，豺灵敏的嗅觉、视觉和听觉似乎都减弱了。唯一有把握的狩猎方式，就是寻找到食草类动物冬眠或藏身的洞穴，上门去吃。这办法虽然不错，但莽莽雪山辽阔草原，要寻找到一处里头有丰盛晚餐的洞穴，简直就是大海捞针，全凭运气，全靠机遇。埃蒂斯红豺群也不知什么地方得罪了山神，连续几天交上厄运，搜索了近百个石缝洞穴无一收获。

民以食为天，豺也以食物为天。

饥荒像个黑色的幽灵，徘徊在埃蒂斯红豺群。

昨天半夜，豺群那只名叫朗朗的豺伢子被冻死了。豺群社会对死亡早已司空见惯，没有出殡也没有葬礼，母豺只在夭折的豺儿面前嚎丧几声，也就怏怏离开了。豺群社会也没有守灵习惯，朗朗的遗体就丢弃在宿营地旁的一条暗沟里。天亮后，索坨无意中溜达到暗沟前一看，朗朗只剩下一副白骨了，连眼珠和尾巴都被啃食得干干净净。白花花的骨骸旁，一片凌乱的豺的足迹留在雪地上。

索坨差点儿没急晕过去。

　　虽然豺和狼同属哺乳类食肉目犬科动物，虽然在人类的词典里豺和狼经常被组合在一起使用，但终究是两种类型的猛兽，各自有着不同的品性。狼在食物匮乏的冬季，在饥饿状态下，有啃食重伤或死亡同类的习俗，在狼性的观念里，与其把同类的肉留给其他食肉类飞禽猛兽或蚂蚁来享用，还不如自己享用更实惠些，更符合狼道，这或许可称之为奇特的"腹葬"。豺的观念却不同，豺把食用同类的尸体视作恶习，视作不可原谅的罪孽，视作一种无形的禁忌。豺对死亡的同类虽然不像人类那样使用复杂的仪式进行土葬、火葬、水葬或天葬，却也宁肯让其暴尸山野，让秃鹫、蚂蚁或其他猛兽来代为清理。

　　说不清是狼的观念更现代些，还是豺的做法更合理些，但起码这是两种截然不同的习俗。

　　可今早暗沟内的情景，却使索坨无法回避这样一个铁的事实：一些豺正在打破豺群社会的禁忌，啃食同类的尸体。

在野生动物中，尤其在具备尖爪利牙的食肉兽中，社会禁忌十分重要，可以说是群体赖以生存的准则和法规。例如猛禽金雕实行严格的一夫一妻制，有一条重要的禁忌就是不准第三者插足，它起源于这样一个事实：两只脾气暴躁的雄金雕一旦为求偶而争斗，往往便会同归于尽；孟加拉虎的生活中有这样一条禁忌，就是雄虎不准逗留在带崽的雌虎身边，防止粗心而贪婪的雄虎伤害毫无防卫能力的虎崽；食草动物高鼻羚羊也有禁忌，公羊在争夺头羊地位的过程中，只能用炫耀头上的犄角和发达的四肢进行象征性的较量，绝不动真格的，用犀利的羊角去攻击对方，如果没有这条重要的禁忌，全世界的高鼻公羚羊恐怕都会死于频繁发生的争夺种群地位的搏斗。

打破禁忌是十分危险的。

今早，索坨在朗朗的骨骸前忧心如焚地伫立了很久。今天啃食同类的尸体，明天就有可能对豺群中的老弱病残进行扑咬；今天是趁着夜幕的遮掩，悄悄地干盗食同类尸体的勾当，明天就有可能在光天化日下，明目张胆地自相残杀。那将是一场毁灭性的灾难。索坨并非在自寻烦恼，尕玛儿草原确实曾发生过这样的悲剧。和埃蒂斯红豺群毗邻的古戛纳棕豺群，有一匹大公豺不知是精神有毛病，还是确实饿急了眼，在众目睽睽下把一匹还没咽气的病豺咬断喉管，并当场饮血食肉；旁观的十几匹公豺，一半出于惩罚疯豺，一半出于对食物的渴望，群起而攻之，把那匹胆敢打破禁忌猎杀同类的大公豺咬死并吞食了。从此，古戛纳棕豺群不得安宁，三天两头发生同类相食的惨案，短短一个冬天，豺群几乎所有的大公豺都死于非命，好端端的一个大家庭遭到灭顶之灾。

这是惨不忍睹的血的教训，索坨说什么也不能让自己的埃蒂斯红豺群重蹈古戛纳棕豺群的覆辙。

作为豺王，索坨对自己的臣民了如指掌。它站在朗朗的骨骸前，不用嗅闻气味，一眼就能从凌乱无序的足迹上认出，这正是独眼豺、白脑顶、兔嘴多多、短尾巴罗罗等七匹大公豺干的缺德事。但它无力对它们进行惩罚。法不责众这条规律不仅适用于人类社会，同样适用于动物世界。再说，这些触犯禁忌的大公豺都是埃蒂斯红豺群的中坚和精英，从某种意义上说，惩处它们就等于在自毁种群。

要想阻止啃食同类这种狼的恶习在豺群中蔓延，唯一有效办法，就是尽快捕捉到像羚羊或麋鹿之类可以果腹的食物。

风愈刮愈紧，雪愈下愈猛，天空乌黑乌黑的，像蒙着一块丑陋的鳄鱼皮。举目望去，茫茫雪山草原连个活

动的影子都看不到；顶着风耸动鼻翼，除了阴冷的雪的气息，闻不到任何鲜活的生命气息。猎物在哪里？食物在哪里？

豺们更加灰心丧气，队伍走得更加散乱。

索坨心里沉甸甸的，像压着一块千斤巨石。

二

苍天有眼，山神开恩，埃蒂斯红豺群绝路逢生。黄昏时豺群经过猛犸崖，突然发现了一个野猪窝。

这个野猪窝隐蔽得十分巧妙，坐落在猛犸崖脚下一个不显眼的旮旯里，一块巨大的鱼鳞状的薄薄石片，像块天然洞盖盖住了洞口，只在洞口斜面留下一条可供出入的浅浅的石缝。石缝间蔓生着野蒿、紫藤、骆驼草、酸枣刺，虽然是冬季，这些植物叶子都枯萎了，但枝枝条条间挂满了层层叠叠的雪片，给本来就隐秘的石缝挂了道厚实的雪帘。要是没有猪崽叫，即使豺群从雪帘洞前经过，也未必能发现这个野猪窝。

豺群本来在离雪帘洞很远的那片白桦树林里行进，谁也没有想到要去光秃秃的猛犸崖下搜寻。突然间，空寂的山野传来吱哑一声猪崽叫。

猪崽的叫唤声虽然十分微弱、短促，似有似无，但几乎每一匹豺都听得清清楚楚。霎时间，它们蓬松的豺毛紧凑了，黯然的眼神明亮了，耷拉的尾巴翘挺了，萎靡不振的队伍变得精神抖擞。根本用不着索坨召唤，掉队的豺迅疾无声地赶了上来，以索坨为核心，群豺缓慢地围成圈圈，这是一种等候指令准备出击的圆形阵容。

有猪崽叫就有母野猪，野猪每胎起码产三五只猪

崽,足够埃蒂斯红豺群美美地饱餐一顿了。

猪崽叫唤得正是时候,假如早些叫或晚些叫,豺群也许就永远发现不了这个野猪窝。这对豺群来说,无疑是一种幸运、一种福气、一种造化。对那窝野猪来说,当然是一种灾祸、一种不幸、一种劫难。索坨无从猜测那只倒霉的猪崽,怎么会在这性命攸关的时刻发出叫声。也许这只猪崽特别淘气,天生就喜欢乱叫乱嚷;也许是一对猪崽在洞内闹架;也许是母野猪无意中翻身,压疼了那只猪崽……

索坨前额上那两条紫色的倒挂眉毛陡立起来,甩了甩脑壳,率先朝猛犸崖跑去。群豺散成扇形向雪帘洞悄悄逼近。

贴近那条隐秘的石缝,这才嗅闻到一股野猪的骚臭味。那块平滑的屏风似的石板,不仅遮挡了视线还盖住了气味。这真是个天造地设的石洞。豺群把洞口围得水泄不通。

"嗬——",索坨朝洞内发出一声试探性的嚣叫。

雪帘洞里寂然无声,半天没有动静。

对豺来说,野猪虽然是可口的食物,却也是不好招惹的家伙。野猪是杂食性动物,既吃竹笋、果根、野木薯等植物茎块,也吃雪雉、松鼠、豪猪这类小动物。野猪性情凶猛,凭着嘴里那副能掘开板结冻土的锐利獠牙,敢和豹子周旋。一只普通的草豹是很难对付一头成年野猪的。尕玛儿草原曾发生过草豹咬断了野猪的喉管,野猪破开了草豹的肚皮,结果双双倒毙在血泊中的事。尤其是带崽的野猪,有勇气同觊觎它的宝贝猪崽的天敌拼杀到流尽最后一滴血。野猪绝不会像其他食草类动物那样,面对豺群闻风丧胆一味逃命的。

索坨从乱石堆跳到雪帘洞前,将脑袋探进石缝去打量。

黑黢黢的石缝里闪烁着一双橙黄色的、凶狠的眼睛。"噢——",洞内突然爆响起一声粗鲁的嚎叫,又响起笨重的躯体在狭窄的石缝里朝前蹿扑的声音。一股恶臭扑鼻而来,一副青白色的獠牙也恶狠狠朝前拱来。雪帘洞里果然有一头凶相毕露的母野猪,索坨赶紧缩回脖子弹跳开去。它"嘀嘀"地叫着,希望母野猪能追出洞来。但狡猾的母野猪没有上当,只在石缝口露了一下嘴脸,便很快将身体缩回洞里去了。

"嘀——嘀——嘀——嘀——"

豺群齐声朝雪帘洞发出让食草类动物心惊胆战的嚣叫。

母野猪在洞里"吭哧吭哧"地喘着粗气,就是赖在石缝里不出来。这发猪瘟的家伙肯定知道,自己一旦失去雪帘洞的依托,便会受到豺群前后左右、四面八方的追堵围歼。它待在这条十分狭窄的、刚够一头野猪侧身挤进来的石缝里,完全不用担心来自左右和身后的威胁,只要集中精力对付来自正面的攻击,就可有效地保卫自己的家庭安全。

这真是"一夫当关,万夫莫开"的险要地形,根本无法发挥豺的群体优势。倘若强攻,每次只容得下一匹豺钻进石缝去施展噬咬的本领。而一匹瘦小的豺在和一头庞大的野猪面对面交锋时,是很难占到什么便宜的,尽管豺比野猪生性凶猛得多。母野猪有的是憨力气,又卧在石缝里以逸待劳,也不怕豺群搞什么车轮战术。

此刻,埃蒂斯红豺群与困守在雪帘洞内的母野猪是吃和被吃的关系,不可能火线喊话,心理策反,让那发猪瘟的家伙自动投降。在弱肉强食的丛林里没有俘虏和优待俘虏的说法;力的拼搏,爪的格斗,牙的碰撞,生与死的转换,是解决矛盾的唯一方法。

或许可以用豺的智慧将那头负隅顽抗的母野猪引诱出洞，索坨想。譬如豺群佯装失去耐心而放弃这场狩猎，在母野猪的视界内撤出猛犸崖，然后远远地绕个大圈子悄悄埋伏在背风的雪帘洞左侧，等待母野猪出洞觅食。譬如还可以让一只幼豺假装因饥寒交迫而倒毙在雪帘洞口，豺群呜咽着离去，当纷扬的雪花把装死的豺差不多掩埋起来时，母野猪或许会打消怀疑，钻出洞来试图将装死的幼豺拖回去当点心……不不，这些办法都不完美，都有缺陷，都要冒很大风险。那发猪瘟的家伙有的是时间和耐心，完全可能待在温暖如春、不受风雪侵袭的雪帘洞里，两三天不挪动一步。豺群暴露在寒风大雪下，已整整三天没有觅到食物，别说再拖两三天，恐怕今夜就会被难以抵御的寒冷和难以忍受的饥饿，逼迫出自相残食的灾祸来。当作钓饵的幼豺，恐怕等不到把母野猪诱骗出洞，自己就会冻成冰柱。

索坨绝不能干这种赔本的买卖。它在雪帘洞前窜来跳去，想找到一个万无一失、能把母野猪引诱出洞来的办法。蓦地，它停住脚步，偏着脑袋，朝阴沉沉的天空发出一声干涩的、悲壮的嚎叫。

没其他办法了，看来，只有在豹群中挑选一匹苦豹了。

三

苦豹是豹群社会一种特定的角色，与人类社会中的炮灰、牺牲品、敢死队有点儿相似。当遇到只能牺牲个体才能保全种族这样的严峻关头，苦豹就要义无反顾地站出来。

苦豺这种角色的产生不搞世袭制,不由豺王指定,不靠抓阄碰运气,也不按社会地位来排列,而按一条十分简单的标准来遴选,那就是年龄加衰老度。凡扮演苦豺角色的一概都是步入暮年的老豺。当危急关头来临时,豺王的眼光在豺群中扫射一圈,最后落定在年纪最大、相貌最憔悴、唇须已经焦黄、犬牙已开始松动脱落的老豺身上,豺群所有的目光顺着豺王的视线也落在那匹老豺身上,就算是豺王提议、全体豺民表决通过了。于是,那匹倒霉的被选为苦豺的老豺,在豺群严厉目光的催逼下,无可奈何地走出队伍,神态或悲壮,或悲切,或悲哀,用自己残剩的生命和还没冷却的血,与狰狞的死神相扑。

在不需要苦豺的平常日子里,老豺在埃蒂斯红豺群中倒也会受到尊重与照顾。例如猎到了食物,缺乏抢食能力的幼豺和抢食能力已大大衰减的老豺,也会公平地得到一份。例如在山洞里宿营，老豺会像幼豺那样被安排到雪花不易飘至、寒风不易钻透的洞底歇息，而由身强力壮的公豺守候在洞口。但在生死攸关的时刻，豺群却一点儿也不讲良心地将老豺推了出去。

让群体中最衰老的豺担当苦豺，是埃蒂斯红豺群祖先传下来的习俗。豺的理解是，老豺生命的烛光快熄灭了，与其让它毫无价值地自然死亡，还不如让它为群体更好地生存奉献最后一回。危急关头必须要有一匹豺去死，挑选幼豺会损害豺群的未来，挑选成年公豺或母豺会损害豺群的现在，挑选老豺只会损害豺群的过去，而过去并不重要。对埃蒂斯红豺群来说，失去一匹生命力已差不多衰竭的老豺，当然比失去一匹生命力还很旺盛的年轻豺，损失要小得多。

在豺这样野性十足、靠杀戮为生的动物里，只有利害关系而没有道德准则，有利于群体生存的行为就是

法律。

　　索坨登上豺王宝座两年多来,共发生过两次需要苦豺的紧急情况。第一次是在两年前的春天,豺群路过鬼谷时瞧见一只牛犊大小的虎崽,身边没有雌虎看守,豺群便来个顺手牵羊,把虎崽给撕碎吞吃了。谁料到豺群刚把虎崽吃完,雌虎就从树林觅食回窝来了,虎啸声地动山摇。豺群虽然凶狠,却也不是猛虎的对手,赛跑也略逊一筹。鬼谷是条狭长的山谷,两边都是刀削斧斫般的悬崖峭壁,豺群无法化整为零。要是任由那匹悲愤的雌虎随意追捕,说不清会有多少豺将被虎爪扇断脊梁,被血盆大口咬断脖颈。没办法,只好让老公豺尾尖黑担当苦豺,尾尖黑转身朝咬牙切齿的雌虎迎面冲去,与雌虎拥抱厮扭拖延时间。当尾尖黑发出最后一声惨嚎,被雌虎拦腰扯成两截时,豺群已成功地逃出鬼谷,钻进了密匝匝的灌木林。第二次是在去年冬天一场罕见的暴风雪过后，饥饿难忍的豺群铤而走险，到尕玛儿草原去袭击一支在野外宿营的地质队。地质队草绿色的帆布帐篷旁用碗口粗的栗树条搭着一个牛圈，养着一头让豺垂涎三尺的肥肥胖胖的花斑奶牛。豺群悄悄逼近地质队宿营地，看见雪地中有四条大狼狗在牛圈旁巡行。大狼狗是狼和狗的杂交，既有狼的身坯和野性，又有狗的机警和忠贞，极难对付。只有先将四条大狼狗引开，才能把牛圈里那头花斑奶牛吞下充饥。开始，索坨选定母豺黄珊当苦豺，后来发生了戏剧性的变化，一匹名叫桑哈的老公豺自愿代替黄珊扮演苦豺的角色，只身暴露在四条大狼狗面前，"嘀嘀"地叫着落荒奔逃。四条大狼狗兴奋地紧追不舍，等到了白雪皑皑的野地里，红色的豺和黄色的狼狗都变成芝麻大小的黑点时，豺群像阵飓风刮进牛圈，在极短的时间内把花斑奶牛吃得只剩下一副白森森的骨骸。惊慌失措的地质队员躲在结实的帆

布篷里没敢出来。当四条大狼狗拖着桑哈僵冷的尸体返回地质队宿营地时,豺群已打着饱嗝回到日曲卡山麓了。

一经被选定为苦豺,就像被判处了死刑,极少有生还的希望。

苦豺的心情是十分复杂的,既有大祸临头的恐惧,又有被不肖后辈遗弃的愤懑,还有为种族生存而赴汤蹈火的悲壮。

索坨实在是迫不得已,才硬起心肠,决定要用苦豺来制服眼前这头躲在石缝里的母野猪。

被选中的苦豺虽然年老体衰,却不乏与大型猎物格斗厮杀的经验。在必死的心态支撑下,苦豺会将剩余的生命力凝聚在豺牙和豺爪间,像道红色的闪电窜进雪帘洞去,将非致命部位的肩胛白白送进母野猪锋利的獠牙间。母野猪只有一张嘴,必然会顾此失彼;苦豺就用两只前爪在母野猪的丑脸上胡抓乱撕。豺爪极有可能会抠瞎母野猪的眼睛，或者起码也会把丑陋的猪脸撕得血肉模糊。母野猪疼痛难忍发出嚎叫，苦豺就趁机一口叼住母野猪的耳朵、脸颊或鼻子，四条豺腿蹬住石壁拼命朝洞外拖拽。受伤的母野猪更加凶残，会一口咬断苦豺的一条后腿，还有可能一口咬穿苦豺的肚皮，豺肠、豺肚漫流一地。但苦豺早就横下一条心来，只要还有一口气就朝猪脸上拼命撕咬。愚蠢的母野猪必定会被苦豺纠缠得头昏脑涨，恨不得一口咬下豺头来。狂暴中母野猪会不知不觉顺着苦豺拖拽的方向朝前拱动，竭力想咬住苦豺致命的脖颈。于是，肉搏中的豺和猪慢慢从狭窄的石缝里退了出来。只要母野猪的身体一离开雪帘洞，早就在洞外等得不耐烦的豺群便会吼叫着蜂拥而上。等到母野猪醒悟过来发觉上当，再想重新钻进雪帘洞去，已经不可能了，石缝已被七八匹年轻力壮的大公豺把守得严

严实实,母野猪的身体上也趴满了被血腥味刺激得异常兴奋的豺。

结局已经想好,现在该用阴毒的眼光来选定苦豺了。

四

索坨纵身跳上一块突兀的蛤蟆形岩石,居高临下,用审视的目光将豺群扫了一遍。其实,它站在平地也能把伫立在面前的每一匹豺都看清楚。跳上蛤蟆形岩石绝非出于对视力的考虑,而是王者的一种技巧。登高能显示威仪,能体现尊严,在遴选苦豺这样有关生与死的问题上,豺王的威仪和尊严是必不可少的。

索坨的目光在豺群十来匹老豺身上跳来跳去。这是一个严格的筛选和淘汰过程,必须保证被选中者是豺群中最年老、最无用、生命最衰竭的老豺。公正是使个体心甘情愿为群体去牺牲的先决条件。

蛤蟆形岩石左侧有一棵苦楝树,树下蹲着一匹老母豺。索坨的目光跳到这匹老母豺身上,作了短暂的停留。

苦楝树下的老母豺形容枯槁,肩胛瘦骨嶙峋,颈下皮囊松弛,眼睑皱皱巴巴,身上的豺毛被树脂、草汁粘成一绺一绺的,毛色酱红没有光泽,两排乳房失去了弹性,萎瘪得像几只干核桃。这匹老母豺虽然还活着,却已经离死神不远了。用埃蒂斯红豺群的传统标准来衡量,这是最合适不过的苦豺人选。但索坨的目光仅仅在老母豺身上逗留了一下便急遽地跳开了。

这匹老母豺名叫霞吐,是索坨的亲生豺娘。

索坨的心肠就算比花岗石还硬,比孔雀胆还毒,也不忍心让自己的豺娘去做苦豺呀。

索坨的目光从霞吐身上跳开，朝豺群中另外几匹老豺扫去。这些老豺的衰老度都明显要低于豺娘霞吐。不管了，索坨想，胡乱挑一匹来顶缺，只要让豺娘躲过这一关就行。

它瞄准正卧在雪地上脑袋一沉一沉打盹儿的老公豺达曼洪，这老家伙虽然略微比豺娘年轻些，但也已老得背脊上的毛都脱光了，还跛了一条前腿，虽说还能用三条腿在草原上追撵到兔子，但毕竟是个残疾，又老又残，已快成为豺群社会中的废品了。可还没等索坨的目光在达曼洪身上定格，蹲在蛤蟆形岩石下的好几匹成年大公豺立即改变了姿势，四肢直立起来，尾巴像旗杆似的笔直竖起，用爪子踢打着地面的积雪，搅起一团团轻烟似的雪尘。这是豺群社会一种特殊的身体语言，表达着内心的不满和激动。

在豺群社会中，管你是逊位的豺王，还是昔日的王后，管你是豺王的哥哥姐姐还是老子娘亲，一概不存在可以免当苦豺的特权。唯一的标准，就是年龄加衰老度；谁胆敢违背这条标准，就会受到血的惩处。

索坨愣了愣神，但很快就镇定下来。它虽然有点儿心虚，但还是固执地将目光投向老公豺达曼洪。它要抢在众豺觉醒前把苦豺人选敲定下来。它想，就算个别大公豺及时看穿了它的私心，或许也会体谅它的苦衷，或慑于它豺王的威势，而默认它这一次不算太公正的选择。它把眼珠子瞪得溜圆，目光如炬，毫不含糊地盯视老公豺达曼洪。

它紧张地等待着众豺的目光顺从它的意志，顺着它的视线投向老公豺达曼洪。

它对形势作了完全错误的判断。人心一杆秤；豺心也是一杆秤。人心不可侮；豺心也不可侮。没有一匹豺按它的意志去打量达曼洪。恰恰相反，好几匹大公豺在

蛤蟆形岩石下面乜斜着眼睛,将冷峻的暗藏杀机的目光投向了索坨。雪帘洞外所有的豺停止了走动,都压低了喘息声,雪地里一片沉寂。索坨明白,这是一种无声的抗议,一种无形的威逼。

索坨忍不住打了个寒噤,身体哆嗦了一下。它想起前任老豺王奈莫的遭遇。

那是大前年的深秋,饥饿的豺群在山坳里突然发现了一只小羊羔。小羊羔卧在一堆枯枝败叶上,"咩咩"地哀叫。对豺来说,羊羔是珍馐佳肴。豺群围着羊羔驻足观望,馋得直流口水,但谁也不敢走过去。荒野出现一头孤零零的小羊羔实在太蹊跷了,羊羔望见豺群,惊恐地咩叫着,挣扎着想逃命,但刚站起来就又跌倒了。有两种可能,要么羊羔腿受了重伤,要么被绳索或铁丝固定在那儿了。枯枝败叶遮挡了豺的视线,虽然没嗅闻到什么异常的气味,也瞧不出什么破绽,但无法排除那堆枯枝败叶下埋设着捕兽铁夹的可能。埃蒂斯红豺群领教过捕兽铁夹的厉害,小母豺花脖儿就是误踩了猎人的机关,被捕兽铁夹害了性命。谁也无法从记忆中抹去那恐怖的一幕:鸟声啁啾的树林里突然铿锵一声,爆发出铁器叩击的脆响,沉重的U型铁杆在弹簧有力的牵拉下,闪电般地砸在花脖儿的后脑勺上,白花花的脑髓流了一地,可怜的花脖儿都没来得及哼一声,就命归黄泉了。想起来谁都心有余悸。可豺群又舍不得离开小羊羔,对豺来说,"芬芳"的羊膻味、肥腻的羔羊肉具有无法克制的诱惑力。放弃这顿美味晚餐,万一羊羔身体底下根本没有什么捕兽铁夹,岂不是天大的笑话,天大的冤枉!进退两难的情景很自然地就形成这样一种局势,需要一匹苦豺前去试探虚实。当时,埃蒂斯红豺群中年龄最大,相貌也最衰老的,要数老母豺雅倩了。雅倩是老豺王奈莫的妻子,相好已有十多年历史。奈莫老

豺王也许是出于一种对老妻的怜悯之情,也许是觉得自己当了七八年豺王,已经建立起可以随心所欲的权威,竟然把筛选的目光从老母豺雅儃身上溜过去,停落在一匹名叫秃秃的老公豺身上。秃秃虽然眼睛也沾满了浊黄的眵目糊,鼻吻间也皱褶纵横,但显然要比老母豺雅儃年轻些。索坨至今记忆犹新,当奈莫老豺王威严的目光盯视着秃秃并从紧抿的嘴角发出"嘀呜——"的带有逼迫性质的嚣叫时,整个豺群沉默得就像冰山。奈莫老豺王一意孤行,走到秃秃身边先是用尾巴抽打,继而用爪牙驱赶,想迫使秃秃就范。秃秃赖在地上发出委屈的呜咽声。索坨本来就为奈莫这么老了还占据豺王宝座不肯退位而心怀不满,早就跃跃欲试,想取而代之,只苦找不到适当的机会;一半出于对不公正选择所产生的义愤,一半出于争夺种群地位的隐秘冲动,"嘀——嘀——嘀——",它带头发出了不满的嚣叫。几乎所有的大公豺都学着索坨的样子，朝老豺王奈莫宣泄着内心强烈的不满。奈莫老豺王执迷不悟，龇牙咧嘴地朝索坨扑来，企图用武力来平息这场骚乱。豺们群情激愤，在索坨的率领下一拥而上，咬得老豺王奈莫落荒而逃。这件事成了埃蒂斯红豺群王位转移的契机，索坨摇身一变成了新豺王。

它说什么也不能成为奈莫第二。

瞧野心勃勃的短尾巴罗罗，唇须和嘴角的皱褶间漾着一丝讥讽和嘲弄，正幸灾乐祸巴望它犯跟奈莫老豺王同样的错误呢。

居心叵测、觊觎王位的成年大公豺多得是。

索坨一阵心悸，赶紧把目光从老公豺达曼洪身上跳开去。

五

索坨狠狠心，再次把筛选的目光移向霞吐。霞吐身体缩在苦楝树背后，从褐色的树干后面露出两只迷惘、惊诧、悲凉、愤懑的眼睛。索坨的眼光和霞吐的眼光在空中碰撞，撞得索坨头晕眼花，仿佛灵魂失足从百丈悬崖上跌落下来，产生了一种可怕的失重感。它的目光变得空虚而软弱，承受不住豺娘沉甸甸的凝望，只好又把眼睛偏离开了。

它晓得豺娘霞吐把它养大是多么不容易。豺娘一胎生了三只崽子，有一只刚生下不久就跌进水塘淹死了，还有一只养到半岁时被一只老雕从空中攫走了。豺娘只剩下它一只宝贝豺儿，它享受着全部的母爱。天冷下雨，豺娘把它揽进胸腹底下，用自己的身体做它挡风的墙、遮雨的伞。为了让它能得到足够的食物，豺娘在豺群猎获到食物后,不顾种群地位的进食秩序,横冲直撞地挤到前面,去抢夺糯滑可口,营养最丰富的肠肠肚肚来喂养它;豺娘的举动自然会引起种群地位比豺娘优越的公豺和母豺们的愤慨,受到严厉惩罚是意料之中的事情;豺娘臀部有两块月牙形的伤痕,就是为它争抢好食物时留下的纪念。记得在索坨出生后的第一个冬天,埃蒂斯红豺群差不多连续五天没觅到食物,豺娘腹下的六只乳房再也流不出一滴奶了,它年纪尚幼耐不住这般饥饿,已差不多奄奄一息了,是豺娘将身体蹲在雪地上,将腰伛成弓形,用尖尖的嘴巴从后肢的胯间探进腹部,咬开自己乳房上的皮肉,把一滴一滴热血喂进它的嘴里,才使它没像豺群其他幼崽那样成为一具饿殍。

索坨怎能忍心将爱它,疼它,含辛茹苦把它抚养大的豺娘选为苦豺,推进火坑,扔给死神呢?

它的目光在豺娘霞吐和另外几匹老公豺身上跳来

弹去,飘游不定。它蹲在蛤蟆形岩石上歪着脑袋作沉思状,似乎正在进行认真的负责任的因此也十分费脑筋的筛选苦豺的工作,借以掩饰内心巨大的矛盾。

豺群沉默着,这是一种不满的等待,一种耐心的警告。

索坨也知道,自己不可能永远地、无休止地将筛选的眼光在空中飘来移去。豺王最重要的品格就是坚毅和果敢,不然就会逐渐失去下属的信赖,使自己的统治地位发生信仰上的动摇,最终导致政变危机。它不能再优柔寡断了,索坨想,必须尽快做出最后的抉择。可是究竟该选谁当苦豺呢?选达曼洪,意味着不公平,估计会遭到弹劾,导致自己被从豺王宝座上赶下台;选豺娘霞吐,公平倒是公平了,可自己又受不了良心的拷问。怎么办?怎么办?

鹅毛大雪无声地飘落下来,天空一片昏暗。

"噢吭——",雪帘洞里的母野猪半天不见豺群的动静,大概还以为豺群奈何不了它,发出一声洋洋得意的嚎叫。

短尾巴罗罗打了个响鼻,身体直立起来,两条前肢趴在蛤蟆形岩石上,这是一种想要取而代之的姿势,一种用心险恶的试探。

罢罢罢,索坨想,自己总不能昧着良心为了保住豺王地位而剥夺豺娘的性命。就让短尾巴罗罗率领那几匹不甘寂寞的大公豺扑上来把自己咬得鲜血淋漓,咬得落荒而逃,沦落成为一匹地位最卑贱的草豺好了,它就是要把筛选的目光定在老公豺达曼洪身上!

索坨的目光在空中划出一道弧线,还没等落到既定的目标上,脑子里又现出两年多前老豺王奈莫偏袒老妻雅倩所造成的悲剧情景。

索坨率领几匹大公豺将奈莫无情地逐出了豺群。在

众豺的一片刺耳的嚣叫欢呼中,索坨成为新任豺王。接下来,雅倩仍然被定为苦豺,几匹大公豺狂虐地在雅倩背后又撕又咬,逼迫这匹交了厄运的老母豺走向那只躺在枯枝败叶间咩咩叫唤的小羊羔。它身体底下果然埋设着猎人的捕兽铁夹,老母豺雅倩被活活夹断了脖子。

历史将会重复,悲剧将会重演。

即使索坨舍弃了王位,也不能扭转乾坤使霞吐免当苦豺。它救不了豺娘。豺娘此刻要扮演苦豺角色,那是命运,是天意。它何苦那么傻,要将自己的王位和锦绣前程赔出去当殉葬品呢?

索坨站在蛤蟆形岩石上,将尖尖的唇吻深深地插进积雪,雪片被它口腔中的热气所融化,一股彻骨透心的凉意弥漫全身。它需要把自己的良心放在冰雪中浸渍。然后,它又抬起头来狠狠甩了甩脖颈,把缠绕在胸臆中那片与豺的品性水火不能相容的温情甩脱掉。它筛选的

目光坚定、沉稳地落在豺娘霞吐身上。

你就是苦豺！你必须做一匹为了群体利益而牺牲自己的苦豺。

豺群几十双残忍的眼睛齐刷刷落到霞吐身上。"嗬叽——"，响起一片赞同的尖嚣。

豺娘霞吐本来蜷缩在苦楝树背后，倏地弹跳起来，扭头想朝荒山沟窜去。但已经迟了，早有防备的豺群几乎一眨眼就贴着悬崖围成L形阵容，虎视眈眈的大公豺把守着主要逃路，只留下一个缺口，通往恐怖的雪帘洞。

霞吐把脸埋进前肢的臂弯，躺在雪地里呜呜哀嚎着。

虽然埃蒂斯红豺群每一匹成年豺都明白筛选苦豺的制度有利于整个种群的生存，但事情一旦降临到自己的头上，却较少有深明大义、慷慨赴难的老豺。蝼蚁尚且偷生，豺就更爱惜自己的生命了，野生动物极少有自杀现象发生;在生与死的问题上,野生动物大多遵循"好死不如赖活"这一定律。被选为苦豺以后,当事者往往会使出各种手段试图躲避厄运。有的老豺会口吐白沫倒在地上装死,有的老豺会发疯般地胡咬乱扑,有的老豺会恶声咆哮,有的老豺会伺机逃跑……既然苦豺作为一种护群的制度存在于埃蒂斯红豺群中,当然就有保证制度被不折不扣地执行的强制手段。豺王会来到苦豺身旁,先用舌头舔——进行安抚、劝慰和鼓励;继而用尾巴抽打——进行督促、威胁和恫吓;最后用爪牙撞击——进行胁迫、威逼和驱赶。倘若苦豺仍不愿就范,便会有数匹成年大公豺围上来大加挞伐,咬得它皮开肉绽。曾经有一匹名叫岙岙的老公豺,就因拒不履行苦豺的义务而被愤怒的豺群撕成碎片。

这严酷的手段要让每一匹被选定为苦豺的老豺知道,挺起头颅奔赴危难是死,却死得壮烈,死得光荣,

死得重于日曲卡雪山；伛着腰杆畏缩不前也要死，但死得窝囊，死得糊涂，死得轻于绿豆雀羽毛。

两种死法，任君挑选。

按照豺娘霞吐的表现，现在到了该由索坨前去进行武力规劝的时候了。豺群紧张地注视着它，几十双豺眼交织着生存的焦虑和嗜血的渴望。

索坨从蛤蟆形岩石顶跳回地面。

六

它离豺娘顶多二十步远，假如在平时，一个收腹猛蹿眨眼就可以赶到，但此刻，它觉得像是走在刚刚化冻的沼泽地里，沉重而又黏滞。它走得极慢，一步一步，希望这段路永远也走不完，永远也没有尽头。

二十步的距离，再慢也会走到头。它舔了舔豺娘的额头，闻到了一股十分熟悉的温馨气息。

豺娘抬起头来用冷冷的、陌生的眼光瞄了它一眼，又把脸埋进积雪。它心惊胆战地靠拢前去，甩动尾巴，象征性地在豺娘臀部拍打了两下。它不敢用力，它希望豺娘能理解自己迫不得已的苦衷。

索坨觉得自己的尾巴只是蜻蜓点水般地在豺娘臀部弹了弹，最多是拭去了一点儿沾在豺毛上的灰尘，可豺娘的反应却异常激烈，像被雷电击中似的，身体缩成一团，全身的豺毛一根根倒竖起来，"嗬"地惨嚎了一声。索坨明白，豺娘的心灵受到了巨大创伤。虽然它只是轻描淡写、游戏一般地用尾尖挥甩了一下，但这行为的特定含义是无法掩饰和无法更改的，那就是在驱赶豺娘迈向雪帘洞，迈向泛动着死亡冷光的母野猪的獠牙。尾巴抽打得轻重缓急丝毫也改变不了行为的性质。

一种强烈的内疚在索坨心里翻腾。

它突发奇想,假如它现在跟豺娘调换一下位置,豺娘会不会用尾巴抽它、逼它呢?

答案其实在五年前就有了。

那是在索坨刚满周岁的时候,豺群正在灌木林里行进,突然从树丛里飞出一只红翅凤头鹃,那只七彩羽毛的美丽鸟儿不知是翅膀受了伤,还是太累了,飞得忽高忽低、歪歪斜斜。它觉得挺好玩,便淘气地追逐过去。红翅凤头鹃飞飞停停,更把它逗得心痒痒。它不知不觉偏离了由富有丛林生活经验的大公豺踏勘出来的安全路线。红翅凤头鹃终于疲倦得飞不动了,停栖在离地面一米多高的一根蛇状水藤上。它年纪尚幼,缺乏谨慎,也不查看四周有没有可疑的蛛丝马迹,就贸然蹿跳起来,朝水藤上的红翅凤头鹃扑去。鸟儿倒是被它扑进了怀里,但霎时间,寂静的树林里嘣响起弯曲的竹片被弹直的闷响。它还没明白过来怎么回事,一张透明的尼龙大网就从天而降,把它严严实实罩住了。它撞上了猎人铺设的鸟网。日曲卡山麓的猎人一般有四种捕鸟方法,一是放鹰追捕,二是用诱饵诱骗,三是用金丝活扣逮小鸟,四是用尼龙网罩大鸟。这是一张专门用来捕捉山隼、苍鹰、鹭鸶、松雉等大型鸟类的大网,用草茎般粗细的尼龙丝编织而成,十分结实。它在网里头用爪子撕,用牙齿咬,踢蹬搔挠,不仅没能挣脱出来,反而被柔软的尼龙丝越缠越紧。它拼命嚎叫起来,咬了半天只咬开一只网眼。就在这时,传来狗群的吠叫和猎人粗鲁的吆喝声,还飞来几支蘸过见血封喉毒汁的弩箭。"砰砰砰",响起了火药枪震耳欲聋的轰鸣。老豺王奈莫大概觉得,不值得为了一只半大的豺仔让整个豺群暴露在枪口、金竹弩和猎狗的爪牙下,便呼啸一声,率领豺群逃进了茂密的树林,只有豺娘没跟着豺群一起走。豺娘

仿佛没听见猎狗的吠叫、猎枪的轰鸣和野牛筋弩弦发出的震颤声，它卧伏在尼龙网上，全神贯注地拼命撕咬着。一颗霰弹擦过豺娘的右耳，把它尖尖的耳廓削掉了半只，血顺着豺娘的额角往下滴答着。豺娘仿佛已失去了疼的知觉，连眼睛也没眨一下。终于又咬开了第二只网眼，锋利的尼龙丝把豺娘的嘴唇和舌头都割裂了，它嘴角泛动着殷红的血沫。索坨的小脑袋要从尼龙网里钻出来，至少得咬破三只网眼。豺娘正在进行最后的努力。猎人的脚步声越来越近，霰弹像蝗虫般在豺娘的头顶飞舞，弩箭像金环蛇在空中游窜。豺娘像生了根似的趴在尼龙网上，牙床拼命磨动着。一条黑狗气咻咻地跑到豺娘身后，疯狂地吠叫着，眼看要扑上来。黑狗嘴里的气流吹得豺娘背脊上的红毛左右飘曳。豺娘来不及回首张望，黑狗终于放开胆子来咬豺娘的后腿，豺娘没舍得停下，只是颠起腰肢猛地朝后蹬了一脚，黑狗受惊跳开了。这时,第三只性命攸关的网眼被豺娘咬破了。索坨费劲地从纠缠成一团的尼龙网中挣脱出来,由豺娘殿后,钻进树林,才逃过了那场劫难。

别说豺娘跟着豺群逃离,即便在啃咬尼龙网时豺娘的决心稍稍动摇,在蝗虫般飞来的霰弹和张牙舞爪的黑狗面前产生一瞬间的犹豫,索坨早成为猎人的枪下冤鬼,它柔软的豺皮早就被剥下来充当人类床上的垫褥了。

没有血脉相连的挚爱,没有至死不渝的母性,豺娘是不可能冒着九死一生的危险把它救出罗网的。

而它,此刻却在用尾巴无情地驱赶豺娘去做苦豺。它大概是天底下最残忍、最没心肝的豺了,它想。不不不,它一定要想出一个解救豺娘的办法来。

七

豺娘出于动物苟全性命和恐惧死亡的本能,赖在地上一寸一寸朝后退缩,竭力想离弥漫着死亡气息的雪帘洞远一点,再远一点。

索坨用两条前爪在豺娘脊背上推搡一下,又做了一个象征性的逼迫动作。豺娘呜咽着,朝前跨了一小步。

也不是完全没有可能改变豺娘去做苦豺的命运,索坨想。假如此刻有一匹老公豺自告奋勇地跳出来,替代豺娘,就可以达到两全齐美的局面,既扫荡了野猪窝,又能保全豺娘的性命。

豺群中曾出现过替身苦豺这样带泪的喜剧。

那是在豺群铤而走险袭击地质队牛圈时发生的事,需要一匹苦豺把四条大狼狗引开。当时索坨把筛选的眼光瞄准了埃蒂斯红豺群最年老体衰的母豺黄珊。黄珊身上的红毛都老得褪色了，变成难看的土黄。它忸忸怩怩、悲悲切切地正准备朝牛圈奔去，突然，豺群中那匹名叫桑哈的老公豺窜出来，截住了黄珊的去路。桑哈和黄珊从年轻时就是形影相随的伴侣，一起生儿育女度过了十几年风风雨雨。桑哈的年龄比黄珊略小些。桑哈和黄珊交颈厮磨，黄珊眸子里泪光闪耀，伸出舌头使劲舔吻桑哈的面颊。桑哈嚣叫一声，冲向四条大狼狗……

老公豺替老母豺赴汤蹈火，这真是一种美丽的感情。这跟豺王营私舞弊、进行不公正的挑选完全不同，豺群会默认这种自愿的替代行为。

唉，假如父豺黑蛇还活着就好了，索坨想。它的父豺壮实高大，背脊上红色的皮毛间镶有一条弯曲曲的黑色斑纹，就像一片红罂粟花丛中缠绕着一条黑色小蛇。父豺对豺娘忠心耿耿，索坨记得很清楚，它还在吃奶时，豺娘寸步不离地守护着它，父豺东跑西颠去觅食，

争抢到食物后总是自己舍不得吃,叼回来喂养正在哺乳期的豺娘。可惜,索坨未满周岁时,在一次围歼野牛的狩猎中,父豺勇猛地第一个跃上野牛背脊,用尖利的前爪捅进野牛的肛门,把冒着热气的牛肠掏了出来。不知那头该死的野牛是因剧痛而跌倒,还是慌乱奔逃时被土坎绊倒,它突然"訇"的一声直挺挺倒在地上,还跌了个滚儿,把父豺压在身体底下。受了重伤的父豺好不容易爬起来,垂死挣扎的野牛又凶狠地将犀利的牛角刺进父豺的肚皮……假如父豺黑蛇还活着,索坨相信,埃蒂斯红豺群将会重演一幕类似老公豺桑哈替代老母豺黄珊去赴难的催"豺"泪下的喜剧。遗憾的是,人死了不能复生,豺死了也不能复生。

可是,父豺落难后,豺群中有好几匹大公豺向豺娘献过殷勤的呀。它们在哪里?它们在哪里?索坨的爪子在豺娘身上踢蹬着,眼睛却在豺群中搜索。哦,屁股上有一块白斑名叫老白屎的老公豺，就蹲在离豺娘几步远的一个浅雪坑里。它年轻时对豺娘垂涎三尺，老像影子似的围着豺娘转。豺娘口渴了要去水塘喝水，这家伙就会赶在前头替豺娘开道，赶走讨厌的蚂蟥和躲在草丛中的毒蛇。豺娘看中了正在荷叶上呱呱叫着的青蛙，这家伙就会猛地从岸上跳进水里，向湖心游去。还有那匹名叫老骚公的家伙，年轻时特别喜欢舔豺娘的尾巴，总是趁半夜豺娘熟睡之际，偷偷爬到豺娘身边，伸出湿漉漉的舌尖千遍万遍地舔豺娘那条光滑如锦缎的尾巴，好像豺娘的尾巴是用蜜糖做成的。有时豺娘被老骚公弄醒，便会愤怒地把它蹬得四仰八叉。不管豺娘惩罚得多厉害，老骚公从不翻脸，从不还手，总是像滩稀泥似的趴在豺娘面前，翘起尖嘴发出滑稽的嚣叫，满脸痛苦得就像要立刻晕死过去。老骚公此刻站立的位置虽然离豺娘较远，中间还隔着那块蛤蟆形岩石，但绝不会看不见豺

娘现在危难的处境。

记得有一次,豺娘在一片鸟不宿灌丛里逮一只老鼠,不小心后腰部位被毒刺刺了一下,红肿发炎了。豺受了这类伤痛,要不断地用舌头舔创口,因为唾液有镇痛消炎的作用。受刺的部位靠近后脊背,豺娘自己无法舔到,需要别的豺来代劳。老白屎和老骚公都抢着为豺娘效力。老白屎刚趴到豺娘的背上,在一片脓腥的伤口舔了几口,老骚公就衔住老白屎的尾巴,把它拖下来,自己取而代之。老白屎愤愤不平地嚣叫起来,一口咬住老骚公的大腿,把它摔倒一边。两匹大公豺为争夺为豺娘舔创口的权利打得头破血流,仿佛豺娘化脓的伤口是山珍海味。

现在,不管是老白屎还是老骚公,只要拿出当年的一半殷勤来,就会有足够的勇气站出来扮演替身苦豺的角色。

索坨使劲拿眼色提示老白屎——你也已经老得连只草兔都追不上了,为了曾经钟爱过的豹娘,你难道就不能做出牺牲么?

老白屎睁着眼,冷漠地望着正在迈向雪帘洞的豹娘,脸上连一点儿怜悯的表情都没有。

老骚公,你爪子上的指甲已经磨秃了,顶多再活个一年半载,寿限也就到了。为了曾经痴迷过的豹娘,你何必吝啬这区区一年半载的残剩的生命呢!"嗝——嗝——",索坨扭头朝老骚公发出一串央求的嚣叫。你不是很喜欢舔豹娘的尾巴吗?只要你勇敢站出来,豹娘一定会让你舔个够。不不,豹娘还会伸出舌头来舔你的脊梁和脸颊,送给你无限的感激、赞美、尊敬和爱意。

老骚公的表现更加差劲,盯视着豹娘的那双眼睛凶光毕露,两只后爪不停地刨着雪地上的积雪,搅得本来就昏暗的天地更加凄迷。这家伙还带头朝索坨"嗝叽"

进来,发出催促的嚣叫,那是在抱怨它驱赶得太慢,动作不够有力。这家伙巴不得豺娘速速前去送死,好快快换来可以塞饱肚子的喷香的野猪肉。

这混账家伙!

豺娘似乎很有自知之明,虽然一路挣扎,却没向任何过去曾跟自己有过瓜葛的老公豺投去一丝求救的眼光。

豺娘老了。动物界中的雌性都是一样的,年轻时是一朵花,年老后就魅力不再了。

豺娘年轻时要多美有多美,纤细的腰肢,丰腴的身材,坚挺的双耳,聪慧的眼睛,金红色的皮毛像是用霞光编织成的,浅黑色的丰满的嘴唇天生具有伶俐可爱的魅力,假如豺娘还年轻,老白屎和老骚公也许会为了豺娘的一个巧笑,为了豺娘迷人的秋波而赴汤蹈火。可现在,时过境迁,浓烈的热情早就随着豺娘年纪增大而逐渐淡薄，最后化为乌有了。

时光不能倒流，无法逆转。

也许天下最靠不住、最容易变化的，那就是这种有始无终的情感。

看来，桑哈和黄珊是少有的例外。

索坨快快地放弃了让曾经与豺娘关系微妙的老公豺自动站出来充当苦豺角色的指望。

八

豺娘在索坨的逼迫下，朝雪帘洞走了十几步。石缝已近在咫尺，里头飘来一阵阵野猪的腥臊与恶臭。石缝里稀里哗啦地响，母野猪一定是预感到豺群将发起致命的袭击，它正鬃毛倒竖、磨牙舔爪地准备进行生死

搏杀。

豺娘蹲在石缝前,忧悒的眼睛凝视着灰色调的天穹,"嗝噜叽儿","嗝噜叽儿",它发出不知道是在悲叹还是在诅咒的嚣叫。

"嗝——",豺群齐声嚎叫起来。

索坨晓得,豺群是在进行集体催促,集体威逼。天快黑了,凛冽的北风快把它们的四肢冻麻木了,饥饿已使得好几匹幼豺虚弱得连站都站不住了,它们早已经等得不耐烦了。

它扑到豺娘身上,张嘴在豺娘的腿弯外咬了一口。这是一种儆戒、一种惩处。它身为豺王,必须得这样做。豺群的忍耐是有限度的,假如它再迟迟不动真格的,很难预料饿急了眼的豺们会做出什么事情来。当然,它没像通常对付死皮赖脸的苦豺那样往死里咬,而是口下留情,大咧着嘴看似在拼命撕咬,其实是虚张声势，只咬破了豺娘的丁点儿皮肉。

它看见，豺娘眼角淌出一滴混浊的泪。

它的心又抽搐了一下。它实在是黔驴技穷，想不出能拯救豺娘的办法来了。正视现实，认命吧。

豺娘冷不丁扑上来，去咬索坨的耳朵。索坨有点意外，但很快明白是发生了豺群社会极其罕见的苦豺反叛行为。豺娘气它、恨它、恼它、怨它，于是就想报复它。它完全可以一摆脑壳，机灵地躲开豺娘的撕咬；豺娘虽然来势凶猛，但动作迟缓；它还可以趁机一口咬住豺娘的喉管。但它放弃了躲闪和反扑，岿然不动地让豺娘将自己整只左耳叼进嘴里。

自己失掉了一只耳朵，也许能减轻豺娘的怨恨，索坨想，那样的话母与子无法拆散的感情也许就容易拆散了吧。它等待着，等待着耳朵软骨被犬牙咬碎的咔嚓声，等待着钻心的疼痛和继之而来的麻木感觉，等待着

咸津津的热血涌流出创口漫进嘴来。血能冲淡它对豺娘的怜悯与同情，这种怜悯与同情和它豺王的身份是水火不能相容的。血也能使豺娘幡然醒悟，放弃对命运的无谓抗争。它宁肯失掉一只耳朵，来减轻逼迫自己的亲生豺娘去做苦豺这份深重的罪孽感。

它不挣扎，不动弹，静静地等待着。

豺娘曾为了救它而被猎人的霰弹打掉了半只耳朵，它现在让豺娘顺利地咬掉自己的一只左耳，就算连本带利还清了这笔感情债。

养育之恩，一笔勾销。

奇怪的是，好一会儿过去了，既没有耳骨碎裂的咔嚓声，也没有钻心的痛楚，只是耳根有些微疼。豺娘的牙齿还没脱落，还没衰老到连一只耳朵都咬不下来。豺娘，你还犹豫什么呀，该咬的就咬，不咬白不咬，你有权对不孝的豺儿进行血的发泄。

突然间豺娘松开了闭着的嘴，朝后退了一步。索坨的左耳被豺娘从温热的口里吐了出来。耳廓完好无损，只是粘粘地涂了一层豺娘的唾液而已。

豺娘发出一声无可奈何的长嚣。

索坨的心灵再一次被震颤。豺娘虽然气它，恨它，恼它，怨它，却舍不得咬下它的耳朵，舍不得让它变成一只破了相的独耳豺。

其实，按确切的年龄计算，豺娘在埃蒂斯红豺群中并不算最老的豺。跛脚老公豺达曼洪就比豺娘早出生两个月，但从外表看，豺娘要比达曼洪衰老些。索坨心里很清楚，豺娘是为了它能稳稳当当地坐上豺王这把交椅，才突然从身强体壮的盛年跌滑进老态龙钟的暮年。

老豺王奈莫被撵下台不久，索坨在豺王的位置上立足未稳，就受到大公豺罗罗的挑战。罗罗比索坨大

半岁,爪牙和它一般锋利,体格和它一般健壮,在它当上新豺王前,罗罗和它在豺群中地位相当,都是猎兔擒羊的能手和骨干。若要认真比较它和罗罗的猎食技艺,公正地说,应该是各有千秋,各有绝招。在狩猎大型食草类动物时,它能出其不意地跳到奔逃中的猎物背上,像蚂蟥似的叮在上面,任猎物怎样跳跃颠簸也休想把它甩下来。罗罗弹跳极好,能笔直蹿跳两米多高,把趴在树枝上打瞌睡的树鼩一口咬下来。在有群体意识的动物里,两个个体的阶级地位越接近,它们的关系也越紧张。罗罗对它轻易当上豺王肯定很不服气,视为命运不公正的安排,矛盾就这样不可避免地产生了。追捕到猎物,罗罗肆无忌惮地抢先一步享用肥腻的内脏。进食秩序就是阶级秩序,这分明是在有意挑衅。夜晚在石钟乳溶洞里睡觉,罗罗也不管不顾地占据着本该属于它豺王的中央位置。有一次在奔跑中它无意中踩踏到罗罗的尾巴,罗罗竟然朝它咆哮……那段时间,埃蒂斯红豺群被笼罩在压抑恐怖的气氛中,每匹豺心里都明白,它和罗罗之间迟早要发生一场争夺王位的厮杀。它心里忐忑不安,它反复掂量过形势,实在没把握能赢罗罗。爪牙无情,极有可能两败俱伤,那么,接踵而来的挑战者就会很轻松地把它撵下台去。

它忍气吞声,尽量避免和罗罗发生正面冲突。罗罗想吃猎物内脏就请吃吧,罗罗想睡溶洞中央就请睡吧,以和为贵,它要尽量拖延这场对自己来说很不利的血腥的王位争斗。

可罗罗进寸进尺。那一次豺群走出古戛纳河谷,它想去牧草丰美的螺蛳滩,刚向豺群发出指令,罗罗突然截住三四匹成年公豺和十几匹母豺幼豺,转头要朝相反方向的温泉谷走去。狩猎方向、行进路线和觅食区域历

来都是由豺王决定的,这不仅仅是一种义务和责任,还是一种权力。要是顺从罗罗的意志让豺群去温泉谷,就等于将豺王的地位拱手让给了罗罗。这已经不再是气焰嚣张的挑衅,而是明目张胆的政变了。看来,流血已不可避免。它龇牙咧嘴地朝罗罗怒嚎了一声。早有准备的罗罗曲着腿,弓着腰,用恶毒的眼光望着它。叛乱分子箭上弦刀出鞘啦。

这将是一场非死即伤的恶斗。

就在这时,豺娘一声不响地从围观的队伍里窜出来,飞快地朝趾高气扬的罗罗扑上去。罗罗全副精力都集中在对面的索坨身上,根本没有防备,在豺娘闪电般的扑击下愣住了。豺娘一口咬住罗罗的尾巴,再也不松口。罗罗惨叫着,回身将四只豺爪按在豺娘身上,在豺娘大腿上连皮带肉撕下一大块来。豺娘血流如注,伤口露出白森森的腿骨,可它仍紧紧咬住罗罗那条绛红色的漂亮的尾巴。"咔嚓"一声,罗罗的尾巴被咬掉了大半截,豺娘也晕倒在血泊中……

罗罗失去了大半截尾巴,威风锐减,野心也收敛了大半,再不敢对索坨公然挑衅。

豺娘失血过多,在草丛中整整躺了三天才站立起来,虽然侥幸没落下残疾,却明显消瘦了,额头和颈上的豺毛一绺绺脱落,眼屎多了,牙齿也松了,显露出无法掩饰的衰老模样。

它明白,豺娘是在用拼上老命的代价替它清扫生命道路上的障碍,驱散笼罩在头顶的阴霾。

九

独眼豺、白脑顶、兔嘴多多和短尾巴罗罗不怀好

意地朝豺娘聚拢过来。它们唇角银白色的胡须颤抖着杀机，栗色的瞳仁里流动着一抹残忍的凶光。它们散成半圆形，慢吞吞地朝正在雪帘洞口磨蹭耍赖的豺娘逼近，没有尖啸，没有嚎叫，也没有咆哮，对豺来说沉默是最危险的信号。

索坨知道这几匹性情乖戾的大公豺想干什么。它们要惩处胆敢反叛的苦豺，它们会残暴地将豺娘活活撕成碎片。

索坨本来是并排站在豺娘身边的，没来得及往深处想，便一扭身横在豺娘和四匹大公豺中间，背靠着豺娘，面对着气势汹汹的大公豺狼们。"嘀叽"，它发出一声短促的警告的嚣叫。

它绝不能看着豺娘遭受暴力凌辱。

四匹大公豺停了下来，你看我，我望你，似乎在交流看法统一意见。突然，独眼豺、白脑顶和兔嘴多多以短尾巴罗罗为中心,围拢成一团,尖嘴对着尖嘴,"嘀嘀"地叫起来,长嚣短嚎,此起彼伏,抑扬顿挫,阴寒寒,冷飕飕,持续了将近有一分钟。

索坨是豺王,自然明白几匹大公豺亲嘴似的脸凑着脸意味着什么。这是埃蒂斯红豺群独特的结盟仪式,一种串通勾结、沆瀣一气的把戏,一种互相帮衬、同仇敌忾的宣誓。毫无疑问,它们联合起来要对付的就是索坨。

还没等索坨想出应付的办法来,后面整个豺群也骚动起来,躺着、卧着、蹲着的豺统统站立起来,以它为焦点,缓慢地压了过来。洁白的雪地上一大片蠕动的红色,就像一片荒火在蔓延。

索坨这才意识到了自己触犯了众怒。不管怎么说,这四匹大公豺是打着维护埃蒂斯红豺群苦豺制度的旗号朝豺娘围聚过来的。从生存的角度看,即使豺娘被撕咬

成碎片,也是咎由自取、罪有应得。它身为豺王,是无权干涉它们,也无权阻拦它们的。它违反了规矩,转身拦截了它们,在众豺的眼里,就成了叛逆的同党,成了破坏苦豺制度、危及豺群生存的罪魁。

这是群起而攻之的最好理由,也是发动政变的最佳借口。

危机迫在眉睫。

现在它只剩下一个解脱的办法,那就是立即转过头去,第一个扑到豺娘身上,不是演戏而是动真格的,不是象征性地而是实实在在地用尖爪撕得豺娘皮开肉绽,用利牙咬得豺娘筋断骨裂;用豺娘的血洗净自己身上叛逆的嫌疑,用豺娘的生命把自己从千钧一发的危急关头解救出来。它若不这样做,只有一个结果,就是和豺娘一道,被丧失了理智的豺群活活吞吃掉。何去何从,需要当机立断。

假如索坨是一匹人类字典里的豺，它会毫不犹豫地转身把豺娘扑倒在血泊中；因为人类字典里的豺几乎就是丧心病狂的同义词。但索坨是日曲卡山麓有血有肉的真实的豺，它突然转过身去，高高跃起，越过豺娘的头顶，稳稳落在雪帘洞口，朝黑黢黢的石缝气势磅礴地嚎叫了一声。

假如豺娘不咬开自己的乳房用血浆喂它，它的小命早就玩完了；假如豺娘不冒着被霰弹打成蜂窝的危险，它永远也休想从结实的尼龙网里逃生；假如豺娘不把罗罗的尾巴咬掉大半截，它早就变成一匹地位卑贱的草豺了……这些假如相加起来，难道还不够它为豺娘去死一次吗？

雪野静悄悄，死一般地沉寂。豺群被索坨的举动镇住了。一匹生命力极其旺盛的年轻豺王，要为一匹生命力将近衰竭的老母豺去做替身苦豺，这在埃

蒂斯红豺群中是旷古未有的奇事,完全不符合优胜劣汰这条生存规律。可是,这罕见的行为所表达出来的凝重的感情,和超越生死的爱意,谁也无法加以指责。

四匹大公豺停止了向豺娘靠拢。短尾巴罗罗惭愧地将脸埋进积雪。有几匹年轻的母豺发出歇斯底里的哀叫。

永别了,豺群。

索坨心里明白,尽管它是精力充沛、本领娴熟的豺王,但在如此狭窄的石缝里和凶蛮的母野猪面对面肉搏,生存的希望是极其渺茫的。它深深吸了口气。它要镇定一下情绪,让意志和力量都凝聚在四只利爪和那口犬牙上。它既然自愿代替豺娘去做苦豺,就要不失豺王的气度和胆魄。它不能白白浪费自己宝贵的生命,它一定要在被母野猪的獠牙咬断脖颈前把那发猪瘟的家伙拽出洞来!

母野猪在石缝里紧张地哼哼着。索坨耸肩收腹,把身体的重心移向后腰,准备进行生命中的最后一次冲刺。

就在索坨瞄准石缝弯曲后腿想用力弹跳的瞬间,突然,它的右肩胛遭到了猛烈撞击,身体朝左歪去,跌倒在雪地里,打了两个滚儿,摔出好几步远,偏离了洞口。

它恼怒地瞪眼望去,哦,原来是豺娘撞倒了它!豺娘取代它站立在雪帘洞口。豺娘神情凛然,蓬乱的皮毛奇迹般地变得整饬起来,黯淡的毛色也突然间变得油光闪闪,生命被死神擦亮了。在洁白的雪的衬托下,豺娘就像是太阳的一块碎片,就像是天宇吐出来的一团霞光。

"嘀——",豺娘发生一声撕心裂肺的嚎叫。

还没等索坨从地上爬起来，豺娘就像一团火焰似的窜进了石缝。

石缝里的母野猪像被火焰灼伤了似的吼叫起来。里面传来激烈的撕咬声，豺娘的嚣叫、母野猪的呻吟和猪崽的惊呼，混成一曲奇特的交响乐。石缝太狭窄了，索坨无法钻进去帮豺娘的忙。石缝里漆黑一片，什么也看不见。只看得见豺娘的臀部在洞口拱动和扭曲。豺娘一寸一寸地朝洞口外退却。一股污血从石缝里渗流出来，染红了洞口一大片白雪。

终于，豺娘把母野猪的前半身拖出了石缝。

豺娘脸上血肉模糊，半张头皮被母野猪撕咬开来，露出灰白色的头骨。豺娘的一只前爪刺进母野猪的左眼窝，玻璃珠似的硕大的猪眼在空中摇晃。豺娘两条后腿拼命往后蹬蹭。母野猪满脸血沫，用一只前爪搂住豺娘的腰，尖尖的猪嘴竭力向前拱动。突然，母野猪的獠牙攫住了豺娘的腹部,猪头左右摇摆,"噗"的一声将豺娘的肚皮咬开一个血窟窿,肠子流了一地。豺娘已没有力气哀叫了。也许是洞外凛冽的北风、飞旋的雪花促使母野猪昏热的头脑冷静下来,也许是洞外红压压的豺群使母野猪意识到自己的危险处境,也许是因为豺娘热血快要流干,力气快要耗尽。减弱了朝外拖拽的力量,母野猪突然停止朝前拱动,开始扭动脖子拼命朝后退缩。豺娘支持不住,竟被拖回石缝口。要是它被母野猪退进石缝,豺群就前功尽弃,豺娘的血也算是白流了。"嗬——嗬——",豺群齐声嚣叫起来。这大概是世界上最悲壮的啦啦队了。豺娘拼出最后一点儿力气,在石缝口蹦跶了一下,将自己的脖颈送进臭烘烘的猪嘴里。母野猪不由自主地用獠牙狠狠咬住豺娘的脖颈,因而暂时停止了朝石缝内退缩的动作,豺娘趁机将另一个前爪刺进母野猪的右眼窝。剧烈的疼痛使母野猪丧失了理智,双目失

明使它无法辨清方向,它的躯体拱出石缝,扑在豺娘身上胡啃乱咬。

母野猪拱出石缝的瞬间,索坨敏捷地扑跃到猪屁股上,施展出豺最厉害、最拿手的绝招,将一只利爪捅进母野猪的肛门,掏拽着猪肠、猪肚。

这发猪瘟的家伙疼得完全分不清东南西北了。

豺群带着胜利的喧哗,带着终于摆脱了饥馑的欢呼,一拥而上,在铅灰色的天穹下展开一场疯狂的屠杀。

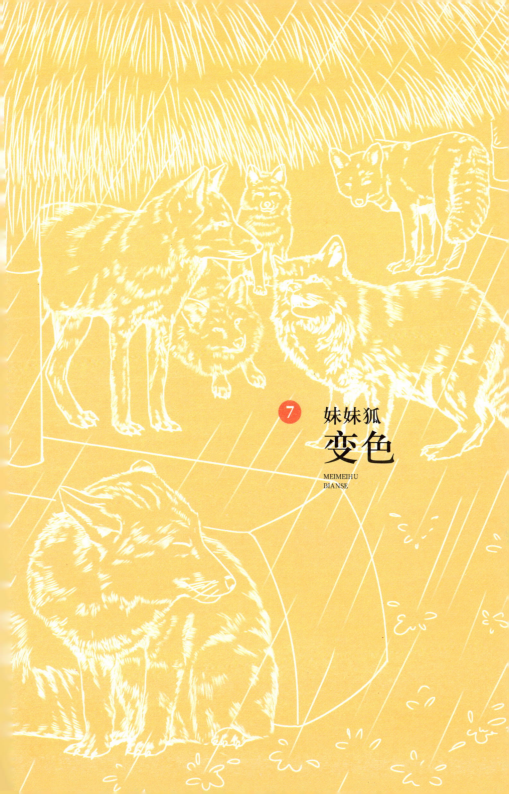

人们对狐狸再熟悉不过了,随手就可以拈出一串与狐狸有关的日常用语,什么狐假虎威、狐朋狗友、狐狸精、狐狸的尾巴藏不住……其实,世界上根本没有狐狸这种动物,狐就是狐,狸就是狸,属于两个完全不同类型的动物,也不知人们为何把它们混淆在一起。

狐有多个亚种,赤狐、沙狐、藏狐、北极狐等,其中赤狐数量最多,分布最广。赤狐,顾名思义,就是毛色棕红的狐。但赤狐有个特点鲜为人知，就是它的皮毛能依栖息地不同而变换颜色，在红土高原为红色，在黄土丘陵为棕色，在黑森林里为黑色，在靠近雪线的地方为白色，在色彩斑驳的热带雨林会出现像迷彩服似的条纹。

这一点，和变色龙颇为相似。

圆通山动物园有个规模颇大的狐馆，养着三十多只赤狐。云南是块红土地，三十多只赤狐生活在这块土地上，毛色自然都为棕红色。

这天，玉龙雪山一位牧民在雪线附近抓获一对白狐，颇觉稀罕，以为是珍贵的北极狐，便送到了动物园。经鉴定，仍为标准赤狐，不过是毛色变异而已。笼舍紧张，动物园不可能单独关养这两只白毛赤狐，就按物以类聚的惯例，把它们放进了大狐馆里。

这两只白狐皆为雌性，牙口都一岁半，很可能是

姐妹俩，为方便叙述，姑且将它们称为姐姐白狐和妹妹白狐。

狐这种动物，在野外时是以家庭为核心小群生活在一起的。如今关养在狐馆里的三十多只红狐，来自六个家庭。也就是说，是由不同的六小群红狐合并成了这么一大群红狐。我们曾多次将陌生的红狐放进狐馆，狐这种动物没有欺生的陋习，老居民和新来者彼此嗅闻一阵对方身上的气味，便算互相认识了，关系处得很融洽。

可当我们把这对姐妹白狐放进狐馆，情况却跟过去大不一样。

所有的红狐都用嫉妒的眼光望着这两只白狐，好几只成年雌性红狐转过脸去，用一种羞怯的表情舔舐着自己的体毛，看得出来，它们有点自惭形秽。而那对姐妹白狐却神态矜持，用一种居高临下的眼光打量着蹲在它们面前这些红狐。

单看这些红狐，模样还不错，毛色艳红，尾巴蓬松，脸部镶着一圈绒毛，比豺、狼和狗都耐看多了。但与那两只白狐一比，就立刻显出差距来了。也许是长期生活在雪线附近的缘故，后者的毛色白得像用冰雪雕成的，在阳光下闪闪发亮，耳廓边缘镶着一圈黑边，脖颈和脸侧的绒毛呈水红色，就像披着一条华丽的围巾。它们的体格也比红狐高大健壮，站在红狐们面前，给人鹤立鸡群的感觉。

姐妹白狐和红狐们在笼舍中央相对而蹲，那阵势，有点儿水火不容的意味。按惯例，这时候，新来的狐应该尾巴耷拉在地，四肢微曲，低眉垂首，缓慢走到红狐中那只年纪最大的老雌狐面前，嗅闻老雌狐的身体，舔舐老雌狐的前腿弯，嘴里发出轻轻的嚣声。这套仪式带有晋见拜会的意思，表示新来者希望能被接纳。老雌狐则用一种悲悯的表情嗅闻一遍新来者的身体，轻叫一

声,以示认同。

然而,不知是不懂这套规矩,还是出于对面前这些红狐的鄙视,姐妹白狐半天也不去拜会,不去嗅闻那只老雌狐。

双方僵持了约十几分钟,许多红狐已等得不耐烦,对姐妹白狐侧目而视,气氛变得有点紧张了。就在这时,那只毛色土红背毛已开始脱落的老雌狐拖着尾巴,慢慢向姐妹白狐走去,走到姐姐白狐身边,它伸出舌头,耸动鼻翼,做出想要嗅闻对方的姿势来。

这真是一只善良慈祥的老雌狐,不想过多地为难这对姐妹白狐,采取息事宁"人"的态度,主动前来嗅闻姐妹白狐。应该说,老雌狐是纡尊降贵,给了姐妹白狐最大的面子,最大的照顾。此时此刻,只要姐姐白狐礼貌地迎上前去,就不会有以后悲惨的故事了。

然而,就在老雌狐的嘴巴伸过来的当儿,姐姐白狐一甩尾巴，受惊似的跳开了。

也许，它是怕老雌狐弄脏了自己的身体；也许，它是心高气傲不屑与红狐们为伍；也许，它不习惯一只毛色与自己不同的狐来嗅闻自己，尽管对方是同类。

老雌狐受伤似的发出一声悲怆的长嚣。

你若想树立一个敌人，最简单有效的办法，就是对他公开表示轻蔑和看不起。

你在生活中若不想让自己陷入孤立无援的境地，就请不要随意表现出清高和孤傲来，尤其在那些明显不如你的人面前。

你确实比他强，他心里明白这一点；你确实比她漂亮，她心里很清楚这一点，这绝不能得出结论说，他们的自尊心会麻木或休克，能容忍你的傲慢与无礼。恰恰相反，处下风者往往更敏感，你漫不经心的神态、口是心非的表情、视而不见的目光、不以为然的微笑，甚至

连一个普通的哈欠,都有可能被对方理解成一种居高临下的姿态,令他们脆弱的自尊心受到严重伤害,从而使你们的关系陷入糟糕的局面。

所有的红狐都气愤地嚣叫起来,在笼舍里窜跑,用尾巴"噗叭噗叭"地拍打着地面。

这以后,姐妹白狐在狐馆里的日子异常艰难。进食时,红狐们依仗"人"多势众,一哄而上,把食槽围得水泄不通,姐妹白狐根本无法挤进去,只能顿顿吃残渣剩饭。所有能遮风挡雨的窝棚全都让红狐占满了,即使有空位,红狐们也不让姐妹白狐钻进来,姐妹白狐只能露天而宿,一到刮风下雨,就淋得像落汤鸡一样。平时,没有哪只红狐搭理它们,也从不跟它们在一起玩耍。它们整天蜷缩在笼舍左侧那个阴暗的角落里,显得异常孤独。

几天后,妹妹白狐有点儿受不了了,有时趁姐姐白

狐熟睡之机，便涎着脸，跑到那只老雌狐跟前，做出想要嗅闻的姿势，但老雌狐用鄙夷的眼光扫了它一眼，拂尾而去。它又向迎面遇到的其他红狐友好地靠过去，舌头一伸一缩，看那模样，如果对方愿意的话，它就会去帮它们舔理皮毛。遗憾的是，红狐们不买它的账，只是冲它恨恨地嚣叫一声，转身就走，那意思仿佛在说："你一身白毛，看着就讨厌，滚吧，别来烦我！"

半个多月后，姐妹白狐面容憔悴，瘦了整整一圈，胸侧露出一根根肋骨，只有那身如同冰雪雕成的白毛仍闪闪发亮，美艳绝伦。姐姐白狐顽强地保持着尊严，从没表现出要降低身份与红狐们修好的意思，红狐们用鄙夷的眼光看它，它也针锋相对，用不屑一顾的神态予以回敬。妹妹白狐则越来越频繁地混进红狐群里，也不管它们欢不欢迎自己。渐渐地，红狐对妹妹白狐的态度发生了变化，迎面相遇，不再恨恨地朝它嚣叫。有一次，下起瓢泼大雨，妹妹白狐哀叫着来到窝棚前，那只心地善良的老雌狐腾出一块空地，让它挤进窝棚与红狐们一起避雨，而姐姐白狐在角落里被冷雨浇了一个多小时。

又过了半个多月，让我们惊奇的事发生了，妹妹白狐身上的毛色逐渐变红：先是毛尖泛起一层水红色，就像霞光映红的白云，继而整个身体都开始由白转红，像涂了一层胭脂，那红颜色一日深似一日，由浅红变成酱红，不到两个月，便成为一只标准的红狐了。

赤狐本来就有这等本领，能依换栖息地的不同变换毛色。

姐姐白狐对妹妹这种不惜改变自己华丽如银的毛色而与红狐们同流合污的行径深表不满，几次对它粗鲁地嚣叫，后来干脆不愿再理睬它了。

妹妹白狐自从毛色变红后，与其他红狐的关系日益亲密，再也没有谁把它当外来狐排斥欺负了，进食时能

毫无顾忌地与其他红狐一起争抢,而不用担心遭到群体的攻击,睡觉时也和其他红狐一起挤在窝棚里,不用担心被驱逐。它的身体丰满起来,胸侧的肋骨看不见了。

人们往往把变色龙比喻为投机取巧、变幻无常的小人,变色龙这种动物在人们的心目中成了贬义的象征。在人类社会里,出于自私的目的,不讲信用,抛弃信仰,随意转变立场,当然应当遭到谴责。人们借用变色龙这种动物的特征,来形象地刻画某一类人丑恶的嘴脸,也无可厚非。然而,就变色龙这种动物本身来说,它的本领实在是一种成功的进化策略,一种行之有效的生存手段。世界万物每时每刻都在变化之中,变是永恒的,适者生存是普遍真理。当环境发生了变化,墨守成规,孤芳自赏,拒绝变化,只能是毁了自己。

变色龙学名叫避役,它最大的特点就是能根据环境的不同而变换体色,与四周的环境融为一色,趴在树枝上，看起来就像一块树瘤，吊在藤蔓上，看起来就像一片枯叶，既能避免敌害的袭击，又能捕食到丧失警惕的昆虫。按照自然选择的规律，完全有根据猜测，最早的避役，有会变色的，也有不会变色的，当环境发生变化后，会变色者的生存概率被放大，不会变色者的生存概率便被缩小，前者进化，后者淘汰。做一个荒唐的推理，如果当年的避役为了避免背上变色龙的恶名，坚持不变，现在恐怕只有在博物馆里才能见到它们的化石了。

和避役具备同样变色功能的赤狐，也适用上述论断。

妹妹白狐是聪明的，假如它也像姐姐白狐一样，冥顽不灵，死守着自己那身白毛不变，永远也休想和红狐们打成一片，永远也休想改变自己的不利处境。

生活中，高尚的理想，伟大的信念，高雅的情操，当然应该矢志不移，如磐石般地坚定。然而，生活中更多是非原则的选择与变更，需要采取灵活的策略，养成

随机应变的能力,这才能使自己在复杂多变的命运中立于不败之地。

应变,就是顺应时代、顺应潮流、顺应环境、顺应命运,以求得更好地生存。

姐姐白狐终于病倒了,形销骨立,奄奄一息,只有那身如同冰雪雕成的白毛仍闪烁着华丽的光芒。临咽气前,它还伸出舌头,珍爱地舔理着自己臂弯上的毛。

客观地说,那身洁白的狐毛确实比酱红色的狐毛要美丽得多,但它的价值是否在生命之上呢?

现在,妹妹白狐混在红狐里头,不明底细的人很难根据体毛的颜色,分辨出哪只是曾经拥有一身白毛的它来了。它的体格本来就较其他红狐强壮些,能抢到更可口、更新鲜的食物,在群体中的地位蒸蒸日上;它还找到了一位如意郎君,产下一窝幼仔,母显子贵,幼仔的地位也很高,生活得幸福美满。

动物小说大王沈石溪
作品获奖记录

《第七条猎狗》(短篇小说)
中国作家协会首届全国优秀儿童文学奖

《退役军犬黄狐》(短篇小说)
第六届陈伯吹儿童文学奖

《狼王梦》(长篇小说)
台湾第四届杨唤儿童文学奖
第二届全国少年儿童优秀图书一等奖

《一只猎雕的遭遇》(长篇小说)
中国作家协会第二届全国优秀儿童文学奖

《天命》(短篇小说)
1992年海峡两岸少年小说、童话征文佳作奖

《象母怨》(中篇小说)
首届冰心儿童文学新作奖大奖

《残狼灰满》(中篇小说)
首届《巨人》中长篇奖

《沈石溪动物小说自选集》(中短篇小说集)
第三届冰心儿童图书奖

《红奶羊》(中篇小说集)
中国作家协会第三届全国优秀儿童文学奖

《狼王梦》《第七条猎狗》(中短篇小说集)
台湾1994年"好书大家读"优选少年儿童读物奖

《第七条猎狗》(短篇小说集)
台湾"中国时报"1994年度十佳童书奖

《保姆蟒》(短篇小说集)
1996年台湾金鼎奖优良儿童图书推荐奖

《狼妻》(短篇小说集)
台湾1997年"好书大家读"年度最佳少年儿童读物奖

《宝牙母象》(中篇小说)
第十一届中国图书奖

《牧羊豹》(短篇小说集)
台湾2000年"好书大家读"年度最佳少年儿童读物奖

《刀疤豺母》（长篇小说）
第十三届中国图书奖

《鸟奴》（长篇小说）
中国作家协会第六届全国优秀儿童文学奖

《藏獒渡魂》（中短篇小说集）
2006年冰心儿童图书奖

《斑羚飞渡》（短篇小说集）
国家新闻出版总署2007年向青少年推荐百部优秀图书

《狼王梦全本》《狼世界》（中短篇小说集）
国家新闻出版总署2008年向青少年推荐百部优秀图书

版权专有 侵权必究

图书在版编目（CIP）数据

狼妻/沈石溪著．—北京：北京理工大学出版社，2019.5
（动物小说大王沈石溪·致敬生命书系）
ISBN 978-7-5682-6893-6

Ⅰ.①狼… Ⅱ.①沈… Ⅲ.①儿童小说－中篇小说－中国－当代
Ⅳ.①I287.45

中国版本图书馆 CIP 数据核字（2019）第 054194 号

出版发行 / 北京理工大学出版社有限责任公司		
社　　址 / 北京市海淀区中关村南大街 5 号		
邮　　编 / 100081		
电　　话 / (010) 68914775（总编室）		
(010) 82562903（教材售后服务热线）		
(010) 68948351（其他图书服务热线）		
网　　址 / http://www.bitpress.com.cn		
经　　销 / 全国各地新华书店		
印　　刷 / 保定市鑫宇印刷有限公司		
开　　本 / 880 毫米×1230 毫米　1/32		
印　　张 / 5.75		责任编辑 / 陈　玉
字　　数 / 54 千字		文案编辑 / 陈　玉
版　　次 / 2019 年 5 月第 1 版　2019 年 5 月第 1 次印刷		责任校对 / 周瑞红
定　　价 / 29.80 元		责任印制 / 施胜娟

图书出现印装质量问题，请拨打售后服务热线，本社负责调换